174019

LE CANOT DANS LES NUAGES

Roch Carrier

Éditions Paulines

DU MÊME AUTEUR
DANS LA MÊME COLLECTION:

Ne faites pas mal à l'avenir
La fleur et autres personnages
Enfants de la planète
L'eau de Polgok-sa

Composition et mise en page: *Éditions Paulines*

Illustration de la couverture: *Odile Ouellet*

ISBN 2-89039-462-X

Dépôt légal — 1er trimestre 1991
Bibliothèque nationale du Québec
Bibliothèque nationale du Canada

© 1991 Éditions Paulines
          3965, boul. Henri-Bourassa Est
          Montréal, QC, H1H 1L1

Chapitre I

Philippe Doré serait un garçon comme les autres s'il ne sortait à tout moment de sa poche un carnet pour y griffonner. À l'école, les filles trouvent cette pose plutôt sympathique. Les garçons, eux, jugent cette habitude prétentieuse.

À part cela, Philippe est tout à fait normal. Il ne méprise pas les sports. Il n'étudie pas plus que les autres. Personne ne sait ce qu'il écrit dans son carnet bleu.

Anne, Oui-non, le grand Chaput et le gros Petit sont ses amis. Ils fréquentent la même école depuis quelques années. Ils habitent la bonne ville de Québec. Tous, ils ont hâte de vivre leur vraie vie. Philippe l'a écrit dans son carnet: «On est comme des poissons dans le bocal. Merci professeurs, mais on a hâte de sortir.»

C'est de cela qu'ils causent à la cafétéria. Il est ennuyeux de parler du temps qui ne passe pas. Pour changer l'atmosphère, le gros Petit lance une blague.

— On l'a entendue celle-là nous aussi, à la radio! répliquent les autres.

Les amis se retrouvent devant un grand trou de silence. La musique ne le remplit pas. Chacun déguste son yogourt, sans rien trouver à dire. Tout à coup, Philippe proclame:

— Au fond, tout ce qu'il nous manque, c'est l'aventure!

Le père de Philippe est un collectionneur. La maison déborde d'antiquailles. Il ne fait jamais une promenade sans découvrir un chef-d'œuvre inconnu. Le sous-sol regorge de vieilleries: des machines à coudre, des fauteuils anciens, des lampes. Les murs sont couverts de scies, d'égoïnes, de rabots, de vilebrequins, d'équerres, de limes. Des magazines du siècle dernier s'empilent dans un coin, avec une montagne de vieux livres.

Il a aussi assemblé des centaines de souliers anciens. Il possède la plus vaste collection de timbres-poste de la ville de Québec, l'assortiment de pipes le plus varié de la province de Québec, ainsi que la plus grande tribu de grenouilles au Canada. Il a réuni une centaine de cloches à vache, du verre taillé, des armes à feu orientales; enfin, une basse-cour de canards de bois.

Près de la maison, le père de Philippe a groupé ses voitures du début du XXe siècle. Elles sont protégées par une clôture, comme les animaux d'un zoo. Le garage abrite la foule pieuse des anciennes statues de plâtre récoltées dans les églises.

La dernière acquisition: un canot d'écorce de bouleau. C'est un canot très ancien, assure le père de Philippe; il date de l'époque où les Amérindiens régnaient sur l'Amérique. La coque, bien bombée, est effilée aux bouts pour trancher l'eau. On voit les marques du couteau qui a taillé les lanières de bois entrecroisées. Les pièces d'écorce de bouleau ont été cousues ensemble et la couture recouverte de goudron. Ce beau canot est rangé au grenier de la maison.

Philippe connaît une histoire de canot. Une vieille histoire. Probablement aussi ancienne que le canot de son père. Un professeur de français l'a lue en classe. C'est pour la retrouver, à la bibliothèque, qu'il a quitté ses amis si brusquement.

C'est une hisitoire célèbre que se racontaient les anciens Canadiens. Ils croyaient à des histoires incroyables. Philippe relit la légende attentivement, jusqu'au bout.

La chasse-galerie était un moyen de transport rapide. L'avion n'avait pas encore été inventé à l'époque! Les voyageurs qui acceptaient les risques de la chasse-galerie n'avaient qu'à s'asseoir dans un canot. Le pilote, à l'arrière, prononçait des paroles magiques. Le canot s'envolait à 150 lieues à l'heure, dit l'auteur du livre... 150 lieues à l'heure! C'est invraisemblable! Un canot qui vole! Un canot qui file comme un Boeing!

Quel folklore! Philippe sait que les gens du passé inventaient ces fantaisies à cause de leur ignorance. Aujourd'hui, la science a fait disparaître le folklore.

«Acabris! Acabras! Acabram!»

«*Fais-nous voyager par-dessus les montagnes!*»

Quand le pilote de la chasse-galerie prononçait cette formule, le canot s'envolait, raconte l'auteur.

Les gens du passé croyaient en cela! Un canot qui vole! Philippe n'est même pas sûr que le canot du grenier pourrait flotter. Quant à voler dans les airs comme un O.V.N.I...

Revenu en classe, cette légende tourne comme une chanson dans la tête de Philippe. Le canot d'écorce est au grenier. Il connaît la formule magique. Pourquoi n'essaierait-il pas de l'appliquer? Ce n'est pas la peine. Un canot est une masse lourde et immobile qui a besoin d'eau et d'énergie humaine. Quelques mots prononcés ne lui enlèveront pas sa pesanteur, ne lui donneront pas d'énergie motrice. Alors pourquoi l'envie est-elle si forte de vérifier la magie des mots?

Rien ne se produira, il en est sûr; mais son professeur l'a prévenu qu'aucune loi de la physique n'est absolument certaine. On a

vérifié par exemple qu'une brique tombe vers
le sol; donc, on en a tiré une loi. Basée sur
l'observation, cette loi n'exclut pas que la
brique pourrait, une fois sur des milliards de
milliards de fois, tomber vers le ciel. La pro-
babilité en est cependant très faible, a précisé
le professeur.

Philippe voudrait bien penser à autre chose,
mais il ne songe qu'à ce canot d'écorce qui
pourrait voler. Peut-être même a-t-il volé dans
les temps anciens de la chasse-galerie? Philippe s'aperçoit qu'il dessine des canots sur
ses notes de chimie.

Finalement, par un soir d'hiver très froid
où les glaçons clignotent aux rebords des toits,
Philippe monte au grenier sur la pointe des
pieds. Entre ses bras, il cache ses bottes, son
parka, son foulard. Essayant d'être aussi silencieux qu'un chat, il tire le canot d'écorce
devant la fenêtre. S'efforçant d'éviter tout cra-
quement, il pousse les battants. Un peu hon-
teux, gêné, comme si tous les yeux de la classe
observaient son comportement naïf, Philippe

embarque dans le canot d'écorce. Il s'assied lentement, il ferme les yeux. Il est si nerveux qu'il a peine à respirer. Bégayant, il prononce lentement:

— *Acabris! Acabras! Acabram!*
Fais-nous voyager par-dessus les montagnes!

Le canot bouge. Comme un cheval qui se cabre avant de se lancer au galop. Philippe est projeté sur le dos, dans le fond. Le canot saute par la fenêtre. Il s'envole comme un gros oiseau sans ailes!

Philippe ne croit pas à cette chasse-galerie du folklore. Pourtant, il vole dans son canot!

Maintenant il faut ouvrir les yeux! Philippe a peur. Peur de voir. Ses paupières sont fermées comme lorsqu'on refuse de se réveiller. Il doit regarder. Le canot file. Philippe est poussé par une force puissante et douce. Impossible de se dire que c'est un rêve. Philippe s'accroche au plat-bord. Il se sent retenu comme par un mince fil au-dessus de l'abîme.

Il monte dans la belle nuit bleue qu'il ne veut
pas voir.

Il n'a pas de larmes dans les cils. Il ne sent
pas la froideur de la nuit. L'air glacial de
février a la douceur d'un soir de juillet. Il
monte, il monte: comme s'il tombait dans la
nuit sans fond...

Philippe doit ouvrir les yeux. Il voudrait
regarder. Il est rendu trop haut, il le saisit. Que
va-t-il lui arriver? Il a peur du vertige. D'un
grand coup de volonté, Philippe desserre les
paupières.

Tout est si tranquille. La nuit ressemble à
une grande prairie d'herbe bleue. Les étoiles
sont des fleurs brillantes. Il pourrait en cueil-
lir une pour Anne Tremblay, s'il le voulait.
Québec est déjà très loin. Comment va-t-il
s'orienter? Revenir?

À cette question venue à l'esprit de Philippe, le canot, brusquement, est brassé,
secoué. Comment contrôler cette machine?
Une panique lui serre le cœur. Le canot tour-
noie, saute, saisi par un remous violent. Ça
se dresse. Ça redescend. Ça tourne en rond.
Ça sautille. Le canot est comme un cheval

sauvage. Philippe va être éjecté. Il a si peur de tomber qu'il se prépare à sauter lui-même du canot fou. Ses yeux sont pleins de larmes. Il est en sueur.

— Tout ce que je veux, c'est retourner chez moi! crie-t-il très fort comme si quelqu'un pouvait l'entendre.

Le canot s'apaise brusquement. Puis, poussé par une formidable énergie, il fend la nuit, fonçant droit vers le sol.

Philippe est écrasé au fond du canot. Son cœur bat si fort, il remonte dans sa gorge. Philippe a refermé les yeux. Il va s'écraser. S'aplatir contre le sol. Bientôt ce sera la fin. Il a trop peur, il a si peur qu'il n'a presque plus peur.

Puis, plus rien ne bouge. Est-il mort dans l'écrasement de son véhicule? Il peut déplier un doigt, puis un autre. Enfin il ose ouvrir les yeux. Et il s'évanouit. Il ne s'est pas écrasé. Il est revenu chez lui, dans le grenier. Le gros oiseau est rentré gentiment dans sa cage.

Philippe débarque de son canot en se frottant les yeux. Il est engourdi et son cœur bat trop vite.

Sans faire de bruit, il descend l'escalier du grenier. À l'étage, la lumière électrique le frappe aux yeux.

— Qu'est-ce que t'as fait au grenier avec ton parka, tes bottes, ta tuque? lui demande son jeune frère. D'où est-ce que tu viens?

Philippe se rappelle qu'il a oublié de refermer la fenêtre du grenier.

Chapitre II

Aujourd'hui, c'est dimanche. Le temps passe comme un vieux film au ralenti. Selon l'habitude les parents font la sieste. Les enfants sont impatients dans le silence imposé.

Philippe est le moins calme de tous. Un rien l'irrite. On dirait qu'il déteste la vie, aujourd'hui. Il bouscule ses frère et sœur.

Au fond, il est terriblement inquiet. A-t-il vraiment volé dans son canot? Il est sûr que ce vol n'était pas un rêve mais il n'arrive pas à croire que c'était la réalité. Ce qu'il doit faire, c'est retourner dans son canot et prononcer les paroles magiques... Mais, avec ce silence, quand pourra-t-il s'évader de son monastère?

Tout à coup, le père de Philippe annonce qu'il va «faire rouler un peu» son antique Ford 1940 au dos arrondi. Voici l'occasion rêvée!

Philippe court au grenier, en essayant de ne pas faire craquer les marches de l'escalier. Il transporte avec lui ses vêtements chauds. Son cœur s'excite. La fenêtre est ouverte. Nerveux, avec un frisson comme s'il avait froid, il prend place dans le canot, il s'accroche solidement de ses deux mains, il incline pieusement la tête et prononce:

— *Acabris! Acabras! Acabram!*

Fais-nous voyager par-dessus les montagnes!

Le canot sort par la fenêtre comme un boulet.

Au même moment, le père de Philippe recule sa Ford ronronnante. Le dimanche, il n'y a nulle raison de se presser. Il tient le volant en pensant à autre chose. La musique est nostalgique.

Tout à coup, quelque chose passe devant son pare-brise. Un éclair? A-t-il vraiment vu? Il se frotte les yeux. A-t-il bien vu? C'était comme un gros poisson qui sautait par la fenêtre de son grenier.

Le père de Philippe entend un choc brutal contre sa Ford '40. Il est inconscient. La Ford '40 est tout écrasée.

Des témoins appellent l'ambulance. Des sirènes hurlent. Philippe est déjà trop loin pour les entendre.

À Québec, c'est le temps du carnaval! Aujourd'hui a lieu la grande course de canots sur glace, entre Québec et Lévis. Dans le fleuve Saint-Laurent qui sépare les deux villes, l'eau clapote contre les îlots de glace charriés par un puissant courant. L'eau est une boue épaisse et blanchâtre. Traverser est une dangereuse aventure. L'embarcation peut être broyée entre deux puissantes mâchoires de glace. De plus, la glace qui se forme autour du canot l'alourdit et peut l'entraîner vers le fond. Pourtant, entourés par une foule bruyante, ils sont des douzaines à vouloir relever le défi avec des rires très forts.

À la ligne de départ, Philippe s'approche tirant son canot derrière lui sur la neige. Les vrais canotiers s'esclaffent. Son embarcation est trop fragile, lui dit-on. Le courant va l'emporter comme une allumette. Le service de sécurité accourt. On lui défend d'exposer

ainsi sa vie. Philippe sait maintenant se faire
obéir de son canot.

À la ligne de départ, les canotiers ne rient
plus. Tout au plus se lancent-ils quelques défis,
fignolent-ils quelques paris. Philippe est à
l'écart. Les caméras de télévision et les pho-
tographes suivent les braves qui vont affron-
ter le danger. Le signal de départ claque dans
le vent.

Les canotiers se ruent pour lancer à l'eau
leur embarcation. Philippe chuchote:

— *Acabris! Acabras! Acabram!*
Canot, avance tout doucement!

Le canot d'écorce se meut lentement sur la
batture, descend dans l'eau avec un glissement
doux. Personne ne le voit, personne ne le
remarque. «Canot, ordonne Philippe, file
comme une torpille!»

Quelques secondes plus tard, Philippe et
son canot ont franchi le fleuve. Les autres
canotiers ont à peine eu le temps de tremper
leurs rames. À la ligne d'arrivée, les chrono-
métreurs officiels sont renversés. Personne ne
peut être aussi rapide!

Un commentateur de la télévision s'écrie:

— Il semble que nous avons déjà un vain-
queur! Voici un canot, oui, c'est un canot!
Ce n'est pas possible, mais il est là!

C'est en navigateur solitaire que Philippe
poursuit son voyage. Je vais aller à Chicoutimi, pense-t-il. Pourquoi Chicoutimi? Le nom
est curieux. Dans cette région, les rivières
s'appellent Metabetchouane, Ouiatchouane,
Chamouchouane: comme si l'écho d'aujour-
d'hui répétait les mots des anciens Montagnais
qui pêchaient dans ces cours d'eau.

La marée agit sur le fleuve Saguenay
jusqu'à Chicoutimi. Quelle puissance agite
l'eau du Saguenay qui a creusé son lit si profond dans un granit éternel?

Philippe et son canot avancent entre des
murailles abruptes où s'accrochent mousses,
arbustes et dentelles de glace qui miroitent
dans le silence. Il devrait se poser sur l'eau
noire pour écouter cette beauté sombre et
silencieuse. Simplement, il ouvre son carnet
bleu et écrit: «Pour être fort, imiter l'eau qui
insiste.» Philippe reviendra ici avec ses amis:

le gros Petit, Anne, Oui-non et Chaput. C'est trop de beauté pour lui seul.

Déjà il aperçoit les maisons posées sur les collines et le pont suspendu. Philippe est si heureux. Il n'aurait qu'à se laisser porter pour atteindre le bout du monde. Beaucoup de gens s'agitent dans les rues comme des fourmis pressées. Chicoutimi célèbre aussi le carnaval d'hiver. Les gens portent des costumes du siècle dernier. Sur le parvis de l'église, ils vendent le cochon à l'enchère. Ailleurs, des hommes forts font une course avec des sacs sur l'épaule. Plus loin, on danse.

Il regarde mais il passe sans s'arrêter. Il ne veut plus se poser. La terre entière l'appelle.

Un conte de son enfance remonte à sa mémoire. C'était l'histoire d'un géant. Ses bottes magiques lui donnaient le pouvoir de faire des enjambées de sept lieues. Philippe n'est pas un géant; pourtant il fait des enjambées de plusieurs kilomètres. Il sourit, amusé d'être si petit au-dessus de son pays immense.

Le soleil, sur un coussin de nuages, fait le dos rond comme un chat. En bas, la terre est plate, blanche.

Qui voudra croire l'aventure de Philippe? Sa vie va changer. Voilà la définition de l'aventure: c'est ce qui change la vie! Une pensée à ne pas oublier. Philippe ouvre son carnet bleu. Le vol du canot est si doux que son écriture ne produit aucun griffonnage.

Philippe s'est laissé entraîner dans son incroyable bonheur. Il a échappé à la loi du poids, des distances. Sa seule limite est sa curiosité. Il est un peu perdu. Au sol, il ne voit que neige... Mais voici le grand lac Saint-Jean et les longues rivières qui s'y jettent. Bien. Maintenant que faire? L'après-midi est déjà assez avancé. Il n'a aucun plan. Pourquoi ne pas tout simplement faire quelque chose de fou?

Il préparera avec soin la prochaine expédition. Aujourd'hui, pourquoi ne s'abandonnerait-il pas simplement à la joie de voler? On peut danser de joie. Pourquoi ne pas voler de joie? N'a-t-on pas tous des désirs si fous qu'on se retient de les réaliser. Pourquoi ne pas aller passer dans le trou du rocher Percé?

— *Acabris! Acabras! Acabram!*
Amène-moi vers la Gaspésie!

Sans bruit, sans sifflement d'air, comme
si le canot et Philippe étaient immatériels,
comme s'ils n'étaient que de la lumière passant à travers l'air, ils se dirigent vers la Gaspésie.

De si haut, le fleuve Saint-Laurent ressemble à une route bleue. Ici et là, de chaque côté,
quelques pointes lumineuses dans le jour déjà
gris. Ce sont les villages. La neige semble grise
comme le jour. Là, serait-ce déjà la mer?
Serait-il déjà au-dessus de la Gaspésie? Mais
oui, cette péninsule arrondie comme un pana-
che d'Indien, c'est la Gaspésie!

Le canot se rapproche du sol. Philippe
repère le rocher Percé, le bloc de granit troué.
Comme un fil dans le chas d'une aiguille, le
canot passe sous l'arche sculptée par la mer
patiente. Avec quelle facilité Philippe fait ce
que font les grands oiseaux!

Pourquoi n'irait-il pas très loin? Sur la carte,
la province de Québec ressemble à un gros
cœur tout travaillé par ses rivières, comme des
veines. Pourquoi ne ferait-il pas le tour du

Québec? Non, pas le tour du Québec à la manière des touristes qui vont de village en village le long du fleuve, mais le tour de la province immense, comme la mer qui fait presque le tour du Québec.

— *Acabris! Acabras! Acabram!*
Allons vers les îles Mingan!

Projeté vers le nord-est, le canot franchit la péninsule. D'un bond, il traverse le fleuve, large à cet endroit comme une mer. Philippe ne risque pas d'être aperçu dans ce désert. Il descend. L'archipel de Mingan n'est pas loin, près du village de Natashquan. Voici la ville de Sept-Îles, son port. Des grues. De grands bateaux qui portent des montagnes noires: du minerai de fer, du charbon, du titanium.

Puis c'est Mingan! un extraordinaire musée de sculptures dont le plancher est la mer, dont le plafond est le ciel. De très gros blocs de roc, sculptés par trois sculpteurs: le Temps, la Mer, le Vent. Ils sont les auteurs de ces chefs-d'œuvre. Ils ont mis des millions d'années à inventer ces formes qui ressemblent à leurs secrets. Philippe circule entre les sculptures. L'une ressemble à une femme debout, l'autre à un homme pensif. Ici le calcaire a été changé en bouquet de fleurs. Là, un immense oiseau va s'échapper de sa gangue de pierre.

Philippe se sent étourdi: c'est le vertige de l'éternité. Il reviendra ici avec ses amis. Cette beauté appartient à tous. Philippe note dans son carnet: «On n'a pas le droit de vivre comme si cette beauté n'existait pas.» Assez de philosophie! Aujourd'hui on s'amuse! On gribouille dans le ciel! On pirouette! Ce canot donne à Philippe le privilège d'être le plus fabuleux acrobate au monde: sans filet, sans trapèze, il peut, en un seul saut, bondir de Mingan à Manicouagan.

— *Acabris! Acabras! Acabram!*
Canot, arrive vite à Manic!

Les fils électriques guideront Philippe vers le plus grand barrage du monde. Il repère cette longue avenue tracée dans la forêt d'épinettes. Seule l'électricité circule dans ce couloir long d'un millier de kilomètres. Les fils sont pendus à des pylônes de 70 m de hauteur. Les fils, de pylône en pylône, semblent minces comme des fils d'araignées. Pourtant, ils ont un diamètre de plus de 3 cm. Presque toute l'énergie qui anime le Québec, les maisons, les bureaux, les usines, les rues, le métro, passe par ces fils. Quelle force! Il songe au poids de l'acier qu'ils contiennent, à la distance entre les pylônes, au vent, au verglas, à la pluie, à la neige. Poussé par un geste instinctif d'admiration, et oubliant qu'il est si haut dans les airs, il se lève debout dans son canot et salue comme le soldat devant son drapeau. Ah si Oui-non, Anne Tremblay, le grand Chaput et le gros Petit étaient avec lui! Il aperçoit déjà le barrage de Manic 5!

Il entreprendra aussi une expédition avec son père. Si son collectionneur de père n'avait pas acheté ce canot, Philippe n'aurait jamais vécu ce rêve. Pourquoi n'inviterait-il pas aussi sa mère? Si sa mère ne l'avait pas porté pendant neuf mois, Philippe ne serait pas, dans son canot volant, devant Manic 5 à s'étonner de la beauté du monde.

C'est d'abord la surface de glace bleue du réservoir qu'il aperçoit entre les montagnes. C'est un lac. Non, c'est une mer! Ni le temps, ni la nature n'ont créé cette mer, mais les hommes et leurs machines.

À son retour, Philippe pourra lire à la bibliothèque qu'elle mesure près de 2 000 km^2 et que ses 4 900 milliards de pi^3 d'eau est retenue par un barrage plus imposant que 50 cathédrales côte à côte. Le canot se pose sur la crête du barrage, à 215 m entre ciel et terre. Si ce barrage s'ouvrait, des milliers de kilomètres seraient noyés.

Pour l'instant, la tête de Philippe tourne. La glace, le barrage, le ciel, tout est immobile. Le silence est d'une profondeur insondable. Toute cette énergie contenue rend Philippe fébrile comme le petit papier quand on en approche un peigne frotté dans des cheveux secs. Il faut partir:

— *Acabris! Acabras! Acabram!*

Canot, fais-moi voyager par-dessus les montagnes!

Comme un cheval mythique, sous la brûlure des éperons à ses flancs, le canot fonce vers le nord. Il franchit des milliers de kilomètres, saute par-dessus des montagnes, traverse des forêts où pas un humain n'a encore chassé. Il survole des lacs qui conservent le froid des glaciers d'où ils tirent leur origine.

Les épinettes sont de plus en plus courtes. La forêt ressemble à des broussailles. Puis les broussailles disparaissent. Il ne reste que la toundra, blanche, comme une mer plutôt calme. Philippe ne sait s'il rêve. Rien ne semble vrai. Pourtant il aperçoit la forme circulaire d'un cratère.

Ce trou géant est fermé par un couvercle de glace. C'est un lac, bien rond, entouré d'un anneau parfait de collines rocailleuses. Il mesure au moins 3 km de diamètre. Aucune rivière ne s'y jette. Philippe a déjà lu à ce sujet. Les savants ont plusieurs théories comme d'habitude. La plupart croient que le cratère du Nouveau-Québec a été creusé par un gigantesque météore. Cette masse aurait heurté la terre il y a des millions d'années. La poussière soulevée par le choc aurait obscurci l'atmosphère et causé un refroidissement de l'air. Ce serait la cause de l'extinction des dinosaures.

Canot, descends te poser dans le cratère!

Le véhicule se pose dans cette trace inquiétante des drames de la vie interstellaire. Philippe débarque. Il a le trac comme s'il arrivait
sur une planète étrangère.

Reprenons la route! Il reste des milliers de
kilomètres à conquérir!

Vers le sud, les arbres commencent à se
dresser dans le désert. Des hardes de caribous,
par centaines, s'enfuient. Ils sont pourchas-
sés. Un bruit mécanique, un battement d'air.
S'approche un hélicoptère. Des coups de feu.
Les caribous n'ont aucune chance. Philippe
déteste ces chasses injustes. Avec des armes
si puissantes, le chasseur n'a besoin ni de ruse,
ni d'adresse, ni d'intelligence. Quel est ce jeu
où les règles ne sont favorables qu'à un seul
partenaire? Quel est ce jeu où le gibier ne peut
que perdre? Les portières de l'hélicoptère sont
ouvertes. De l'intérieur, les chasseurs mitrail-
lent les caribous. Bramements désespérés.
Presque des pleurs.

— *Acabris! Acabras! Acabram!*
Canot, passons au travers de l'hélicoptère!

Le véhicule fonce sur l'appareil des chasseurs. Il entre par une portière, sort par l'autre. Les chasseurs ont été bousculés par un objet non identifié: une sorte de bourrasque qui n'était pas du vent. Ils n'osent plus tirer. L'hélicoptère bat en retraite. Et les caribous courent sans danger.

Philippe continue vers l'Abitibi. Il n'a pas le temps de s'arrêter. Il file au-dessus des mines d'or et retrouve ce vaste territoire vide. Le Québec n'est habité que sur un ruban de son territoire. «Peupler le Québec dans toute sa superficie, construire des villes partout, inventer des industries pour exploiter toutes les richesses de son sol, est-ce un rêve interdit?» écrit Philippe dans son carnet bleu.

De rares hameaux éparpillés défilent sous son canot. D'autres lacs. Quelques routes. Les maisons se resserrent. Ce sont des villages puis des banlieues. Et voici Montréal, debout, avec ses gratte-ciel. Il fait nuit. Les rues éclairées se croisent. Les autoroutes se tortillent. Il aperçoit la croix célèbre sur la montagne, au milieu de la ville. Pourquoi ne pas y atterrir? Il se pose, l'espace d'une seconde, sur l'un des bras de la croix. La nuit de Montréal est gaie. Avec leurs fenêtres allumées, certains édifices ressemblent à des arbres de Noël.

Il est tard. Philippe file à toutes voiles vers Québec.

La voici déjà toute scintillante: une vieille dame couverte de bijoux, en ce soir de carnaval.

Le Palais de glace flamboie comme le plus gros diamant au monde. Pendant le carnaval, l'on enferme dans sa prison ceux qui n'ont pas la mine assez joyeuse! N'est-ce pas une bonne idée? Au-dessus du Parlement de Québec, le canot ralentit. Derrière une fenêtre, Philippe reconnaît le Premier ministre. Le canot s'arrête un instant. Des piles de documents sont entassés sur son bureau. Le Premier ministre est absorbé dans un magazine. N'est-ce pas *Vidéo-Presse*? Le Premier ministre boit un verre de lait et grignote un biscuit au chocolat.

C'est l'heure de rentrer. Comme un oiseau qui retourne à sa cage, le canot enfile la fenêtre et se pose dans le grenier sans bruit. Philippe est fatigué.

Quand il ouvre la porte, à l'étage, son petit frère annonce:

— Papa a eu un accident de voiture, il est à l'hôpital.

Chapitre III

À bout de souffle, Philippe arrive à l'hôpital. Dans le couloir, désorienté, il cherche une indication: «soins intensifs». Il va dans la direction de la flèche. Espérons qu'il ne soit trop tard. Le voilà à nouveau perdu. Est-il au bon étage? Se trouve-t-il encore dans l'aile B? Cet hôpital est un labyrinthe bâti pour qu'on s'y égare. Des malades errent, pâles et lents. Sans doute ne peuvent-ils plus retrouver leur lit!

— Où sont les soins intensifs? s'informe-t-il, auprès d'une dame âgée. Elle chausse ses lunettes. Après l'avoir examiné soigneusement, elle dit:

— Tu n'as pas l'air aussi malade que tu le penses.

Philippe trouve enfin sa mère et sa sœur, devant deux portes fermées. Elles ont les yeux rougis.

— Qu'est-ce qui est arrivé?

— Personne ne comprend. Ton père reculait sa voiture, comme il a toujours fait... Une autre l'a frappée.

— Où est-il? demande Philippe.

Pourquoi la couleur des murs d'hôpitaux est-elle si déprimante? Même les murs ont l'air malades! Philippe approche son œil du hublot.

— Papa est au bout à droite, indique sa sœur. Il doit recevoir de l'oxygène.

Philippe regarde longuement. Il ne peut voir sous le tulle de la tente. Un chagrin lui serre la gorge:

— Ça n'aurait pas dû arriver à papa.

— Il a dû être distrait, suggère sa sœur.

— Où étais-tu? demande sa mère.

— Oh, dit Philippe, en s'appliquant à avoir un ton détaché, j'ai été ici et là...

— Tu devrais dire où tu vas, reproche sa mère. Imagine si ton père était mort...

Elle éclate en larmes. Philippe l'accueille dans ses bras. Il est un peu gêné de sentir le corps de sa mère contre le sien. Il n'a jamais été si près d'elle. Cette chaleur le rend mal à l'aise. Il est ennuyé par ses sanglots. Et

pourquoi son père a-t-il eu cet accident? Son
père n'aurait-il pas pu faire attention? Il
repousse sa mère.

La porte s'entrouve et un docteur apparaît,
soucieux:

— Votre mari, Madame, a subi un trauma-
tisme profond. Il se peut que le cœur ne le
surmonte pas...

Quoi, son père va mourir! Philippe regarde
sa sœur, qui le regarde. Ils sont impuissants.

Un autre médecin vient chuchoter à l'oreille
de son confrère qui, à voix basse, explique:

— Madame, nous devrons opérer votre
mari. Il lui faut un autre cœur. Nos services
ont déjà repéré un donneur à Terre-Neuve.
Pour le moment, une terrible tempête paralyse
l'île...

— Je peux aller chercher le cœur pour
papa! propose Philippe.

Le médecin a un bref sourire:

— À ton âge, mon garçon, on voudrait
pouvoir être utile.

Une colère rouge monte au front de Philippe. Il est capable d'être utile. Ce mépris de

certains adultes pour les jeunes le révolte. Personne ne devrait mépriser personne. Ce médecin le regarde comme s'il était une crotte de pigeon. Il ne doit pas le détester. Peut-être ce grand chirurgien va-t-il redonner la vie à son père? La meilleure riposte serait de l'étonner.

— Maman, dit Philippe, voici ce que nous allons faire. Toi, essaie de savoir où est le cœur à Terre-Neuve. Insiste pour que le cœur de Terre-Neuve soit réservé pour papa. Insiste très fort, maman. Les hôpitaux sont de grosses machines. Insiste, maman. Téléphone-moi à la maison dans 15 minutes pour me dire où est le cœur.

Sa mère ne l'a jamais vu aussi déchaîné. Philippe parle rarement à la maison. Il vient de prononcer un discours. Cette éloquence est étrange. Presque inquiétante.

— Philippe, ne va rien entreprendre d'illégal ou de dangereux...

— Mais non, maman!

Quelques minutes plus tard, Philippe, revenu chez lui, répond au coup de téléphone qu'il attend:

— Je sens que tu prépares un mauvais coup, l'avertit sa mère.

— Tout ce que je veux, c'est aider papa.

— Tu ne peux pas aider! Terre-Neuve est loin... Terre-Neuve est engloutie dans la neige.

— As-tu le nom de l'hôpital de Terre-Neuve?

— C'est à Saint-Jean. Il n'y a qu'un hôpital.

— As-tu le nom du médecin responsable?

— C'est le docteur Köningwinter.

— Veux-tu épeler?

— K-ö-n-i-n-g-w-i-n-t-e-r.

— Comment va papa?

— Quand il va revenir à lui, je ne voudrais pas avoir à lui apprendre que tu as fait une bêtise.

— Maman! t'inquiète pas.

Celui qui a un cœur solide doit aider celui dont le cœur flanche. Pourquoi Philippe hésite-t-il, maintenant? Pourquoi n'est-il pas déjà en route pour Terre-Neuve? Il sent ses mouvements trop lents. Il ramasse ses bottes, sa veste, ses moufles et il se précipite au grenier.

Lorsqu'il ouvre la fenêtre, la nuit est belle. Des centaines d'étoiles brillent. Tout cela est d'une belle indifférence paisible, comme si son père n'était pas en danger sous sa tente d'oxygène.

— *Canot, par-dessus les montagnes!*
Par-dessus la mer, allons chercher un cœur!

Il va trouver un cœur neuf à son père à Terre-Neuve. Son père sera bien forcé d'être étonné.

Que sait-il de Terre-Neuve? Il a quelques souvenirs de lecture. C'est la province du Canada la plus proche de l'Europe. À la rencontre des courants chauds du Gulf Stream avec les courants glacés du Labrador se multiplient la morue, le hareng, le saumon. Les pays scandinaves, la France, l'Angleterre, le Portugal et l'Espagne ont guerroyé pour régner sur ces bancs très fertiles. 2 000 ans av. J.C., les Indiens y avaient établi des campements. En l'an 1 000 de notre ère, les Vikings y bâtirent des villages le long de sa côte.

Dans la nuit très claire, au-dessus du Saint-
Laurent, Philippe aperçoit les lumières des villages de la côte nord du Saint-Laurent, égre-
nées comme les cailloux que le Petit Poucet
jetait pour marquer sa route.

Bientôt s'étend devant Philippe l'immense
nuage blanc de la tempête qui a paralysé Terre-
Neuve. En dessous, est-ce la terre? Est-ce la
mer?

«Canot, ralentis», ordonne-t-il. Il ne veut
pas être emporté dans les remous de la tempête. Son canot est si léger, la coque d'écorce
est si fragile. La coquille qui le sépare du gouffre est si mince. Il est comme un nageur en
détresse qui s'accrocherait à un fétu. Il n'aurait
pas dû se lancer dans cette aventure écervel-
lée. Il a peur. Les larmes lui viennent aux yeux.

Son père se débat dans une tempête plus
violente. L'abîme sous le lit de son père est
bien plus profond. Philippe veut vivre! Il veut
que son père vive! «Canot, fonce en avant
plus vite, plus fort que jamais!»

Le canot plonge dans le rideau de neige,
tendu par le vent du ciel à la terre. Cramponné
à son canot, Philippe ferme les yeux et se

prépare à une secousse terrible. Rien n'arrive.
Le canot file comme sur une eau paisible.
Alors il regarde. Des milliards d'étincelles sont
projetées par la furie blanche. Cela est d'une
beauté éblouissante. Une beauté dangereuse.
Cela ressemble au jour où Dieu créa les papil-
lons. Philippe n'a plus peur. Il voudrait noter
une pensée dans son carnet bleu: «Un jour
je ferai l'inventaire des beautés du monde»,
mais ses mains restent serrées sur le plat-bord
du canot.

   Le canot sort de la zone de tempête et
retrouve la nuit claire. Dessinés par les lumières des villages, voici les contours tortueux de
l'île de Terre-Neuve. Philippe demande à son
canot de descendre lentement. Sur la mer, ces
îles blanches ne seraient-elles pas des banquises? Le temps presse, mais Philippe voudrait bien toucher à une banquise. Il demande
à son canot d'aller droit vers l'un des glaciers
qui dérivent, majestueux comme des transat-
lantiques. Il s'approche de l'une des banquises
dans la lumière vive de la lune, et y pose la
main. Cette gigantesque montagne de glace,

sculptée comme une cathédrale, est remplie
d'un silence religieux. Philippe se sent petit.

Il ne doit pas s'attarder. En route ! Cap sur
Saint-Jean ! La rive de l'île est découpée de
criques, de baies, de fjords et d'anses. Cette
dentelle a été ouvragée par la patience de la
mer, pendant des millions d'années.

Au-dessus du port, avec ses bateaux accostés, ses hangars et ses grues, une citadelle
domine la ville. Saint-Jean s'étale de collines
en collines, plantée de maisons modestes et
colorées. Elles ont toutes de petits jardins. Ici,
la cathédrale. Là, quelques manufactures.

La ville dort sous la neige. Philippe repère
facilement l'hôpital. Il atterrit entre deux
ambulances enlisées dans la neige. Enfonçant
jusqu'à la ceinture dans cette mer poudreuse,
il se précipite vers l'entrée. Il ne peut croire
qu'il est déjà à 1 300 km de la ville de Québec.

— Je veux voir le docteur Köningwinter.

La réceptionniste se réveille en sursaut.

— Je m'appelle Philippe. Je viens chercher
le cœur pour mon père.

— On ne peut pas confier d'organes à une
personne non autorisée.

— Je suis accompagné par le médecin le plus savant de Québec, ment Philippe. Il est un peu gras: il n'a pas voulu marcher dans la neige.

— Faites-le venir. On n'emprunte pas un cœur comme un tournevis.

C'est un échec. Philippe sort de l'hôpital. Il a échoué dans sa mission. Un goût amer dans la bouche, il rage. Il refuse de rentrer bredouille. Coûte que coûte, il doit repartir avec ce cœur. Il lui faut trouver de l'aide.

Lentement, à son commandement, le canot glisse sur la neige comme un traîneau. Durant la tempête, les habitants se sont barricadés derrière leurs rideaux fermés. Ils n'osent encore sortir. Le canot, silencieusement, monte et descend les pentes entre les maisons de bois peint posées là en désordre.

Philippe devra-t-il commettre un hold-up? Il imagine les journaux et la manchette: «Hold-up pour un cœur!»; l'éditorial: «Peut-on condamner un enfant qui a usé de violence pour sauver son père?»

Une affiche annonce: «Nid du Corbeau».
L'établissement est-il ouvert? Aucune lumière
n'est allumée. Il range son canot derrière une
maigre épinette et le recouvre de neige poudreuse. Il escalade deux à deux les quelques
150 marches de l'escalier qui mène en zigzags
au «Nid du corbeau». La porte n'est pas verrouillée. Il pousse. Elle s'ouvre. L'intérieur est
sombre. Dans un nuage qui sent fort le cigare,
prudemment, il avance d'un pas.

— Nom du diable, le Nid du Corbeau, c'est
pas un jardin d'enfance!

— Tonnerre d'Hitler, c'est pas non plus une
école primaire!

Les deux voix rudes qui râclent la gorge lui
disent de retourner d'où il vient. Philippe n'est
pas prêt à déguerpir aussi vite. Il avance d'un
autre pas. Les murs sont couverts de photographies. Elles représentent des avions, des
tanks, des soldats décorés. Des centaines de
médailles sont épinglées en rangées sur les
murs. Au centre de la pièce, comme dans un
sous-marin, un périscope étincelle. Philippe
ne compte que trois hommes. Derrière le

comptoir, un petit homme pâle et chauve dort devant son journal.

Deux hommes bedonnants, le visage rouge, la chevelure qui ressemble à des perruques, s'appuient au comptoir. Plusieurs verres vides.

Philippe avance de trois pas vers eux. Ils le regardent venir comme s'il était un dangereux ennemi.

— Excusez-moi, commence poliment Philippe.

— Qu'est-ce que tu viens faire sur notre territoire?

— Je voudrais un sandwich.

— Au Nid du Corbeau, on mange pas, on boit.

Un des gros hommes tend à Philippe un verre plein d'une liqueur brunâtre.

— Bois une gorgée. Si tu survis, t'auras le droit d'avoir une autre gorgée. C'est du *screech*. C'est ce que les hommes boivent à Terre-Neuve.

— Merci. J'aime mieux ne pas boire... aujourd'hui. Je suis triste. Mon père se meurt. Il a besoin d'un cœur. Le docteur Köning-winter a trouvé un cœur, mais il veut pas

que je l'apporte à mon père, à l'hôpital de
Québec.

— O'Farrell, dit l'un des buveurs, le garçon veut un cœur. Il voudrait pas une jambe
aussi?

— La jeunesse finit toujours par avoir
besoin de l'expérience des vieux, O'Casey.

Les deux buveurs échangent un clin d'œil.

— Garçon, tu vois devant toi trois héros de
la Deuxième Grande Guerre mondiale: moi,
O'Farrell, O'Casey, et le barman O'Sullivan.

— Nous trois, on a fait des miracles, assure
le barman O'Sullivan.

Les trois vieux guerriers se tiennent très
droits, au garde-à-vous, comme des soldats
qui attendent un ordre.

Chaque minute est précieuse. Sous sa tente
d'oxygène, le père de Philippe ne peut attendre
que le climat, le vent et les formalités admi-
nistratives s'accordent. Il faut passer à l'atta-
que. Tout de suite! Tout de suite après un autre
verre de *screech*! qu'avalent les trois héros de
guerre. Cette mission, que n'attendaient pas
les anciens combattants, réveille leur mémoire:

— Le monde sait pas que ce sont les Irlandais qui ont gagné la guerre. Et les meilleurs Irlandais venaient de Terre-Neuve! se vante O'Casey.

— Assez de blagues, coupe O'Farrell. Je vais vous livrer le plan officiel de l'opération. Écoutez. D'abord prenez une bonne gorgée de *screech* pour vous éveiller l'esprit...

L'ex-sergent O'Farrell a tout prévu.

D'abord, les trois vieux soldats attaquent le poste de réception de l'hôpital. O'Sullivan présente sa carte d'identité de pompier volontaire. Un danger d'incendie menace l'hôpital par ce soir de tempête et de grand froid, explique-t-il. Ils se précipitent à la buanderie.

Là, parmi les uniformes empilés, ils s'emparent de ce dont ils ont besoin. O'Farrell revêt un uniforme de médecin. O'Casey enfile une jaquette de patient. O'Sullivan, lui, s'est infiltré dans la chapelle où il dérobe une soutane, un long surplis, une étole et un bréviaire. Ainsi déguisé, il va par une porte latérale jeter à l'extérieur un rouleau de vêtements que Philippe attend.

Exactement à 21 heures 37 minutes, chacun se précipite vers son objectif désigné.

Le révérend Père O'Sullivan surgit chez le docteur Köningwinter :

— Le Premier ministre est presque mort ! On a beaucoup de saintes personnes à Terre-Neuve, concède le révérend Père, mais on n'a qu'un seul grand politicien. Et le révérend Père se jette aux genoux du cardiologue :

— Faites quelque chose pour lui : Terre-Neuve, le Canada, le monde entier a encore besoin de lui. Donnez-lui un cœur neuf. Il a usé le sien au service de sa province.

Pendant ce temps, déguisé en infirmière, la coiffe mal posée sur la tête, Philippe s'empare d'un brancard à roulettes à la porte d'une salle d'opération. À toute vitesse, il le pousse dans le couloir, puis dans l'ascenseur. Enfin, le brancard à roulettes atteint le troisième étage, à 21 heures 38 minutes et 30 secondes. Dans le couloir, le patient O'Casey attendait. Il plonge sur le brancard qui passe. Maintenant on prend l'allure la plus mortuaire possible.

Le docteur Köningwinter est occupé à mettre une compresse froide sur le front du révérend Père O'Sullivan évanoui. Un brancard à roulettes fonce dans son bureau. Il sursaute:

— Tout ce qui arrive maintenant est sous ma responsabilité directe, proclame l'ex-sergent O'Farrell. Je suis le médecin personnel du Premier ministre. Apportez-moi un cœur ou je vous ferai pendre pour refus d'aider une personne en détresse!!!

— Cher confrère, plaide le docteur Köningwinter, on ne remplace pas un cœur comme on remplace un boulon...

— Oh! laissez pas mourir votre Premier ministre comme s'il était un moustique, soupire le mourant O'Casey qui, sous le drap, a soulevé la tête pour prononcer cette parole mémorable.

Se tournant vers Philippe, l'infirmière en robe blanche, le docteur O'Farrell ordonne:

— Mademoiselle, allez chercher le cœur. Vous, docteur Köningwinter, si vous voulez pas que votre permis de charcutier soit révoqué, donnez l'ordre de remettre le cœur à Mademoiselle.

Malgré lui, et tout abasourdi par ces événements, le docteur Köningwinter au téléphone demande que soit apporté le cœur que l'on doit d'urgence greffer à un patient extraordinaire.

Le mourant O'Sullivan lève la tête et annonce:

— Cher docteur, si vous me sauvez la vie, je vous nommerai ministre de la Santé.

Le visage caché par son masque, gêné par sa robe, l'infirmière Philippe attend. On lui donne de longs gants de plastique et on lui présente une sorte de seau, tout froid, qui ressemble un peu à un coffre-fort. Le trésor qu'il contient sauvera son père.

À ce moment, le docteur O'Farrell, le révérend Père O'Casey et le Premier ministre moribond O'Sullivan, bondissent sur le docteur Köningwinter, l'étendent sur la civière, et ils le ficellent avec du diachylon. Ce commando travaille comme pendant les missions casse-cou de la Deuxième Guerre mondiale.

À la fin, paisiblement, les trois ex-guerriers passent poliment devant la réceptionniste, l'assurent que l'hôpital ne brûlera pas cette nuit, et lui conseillent de ne pas s'inquiéter du patient fou furieux qui hurle à l'étage, sur un brancard. Ils sortent avec fierté. Mission accomplie!

— *Acabris! Acabras! Acabram!*

Canot, apporte à mon père un nouveau cœur!

— Je crois que j'ai vu passer un canot qui flottait dans l'air, confesse O'Sullivan.

— Moi aussi, dit O'Casey.

— Moi aussi, dit O'Farrell.

— Allons célébrer ça avec un peu de *screech*!

Chapitre IV

Quand le père de Philippe rouvre les yeux, à l'hôpital, il ignore qu'il a dans la poitrine un cœur étranger. Soudain, il se souvient. Il se souvient trop bien:

— J'ai vu un canot, chuchote-t-il, j'ai vu un canot flotter dans les airs.

Sa voix se casse. L'infirmière lui éponge le front. Sa femme lui reproche doucement:

— Tu ne devrais pas parler, tu es si faible.

Les lèvres serrées dans une moue de frustration, il dessine avec les mains la forme de quelque chose.

— Ne bouge pas, mon mari. Ne fatigue pas ton nouveau cœur.

Il chuchote:

— Un canot dans les airs: c'était un signe. J'ai ce canot d'écorce au grenier... C'était un avertissement... Il faut se défaire du canot d'écorce. Je le donne au musée.

En silence, les larmes aux yeux, Philippe doit se résoudre à regarder son canot emporté par deux déménageurs essoufflés.

Philippe a volé par-dessus les nuages. Il a franchi dans son canot magique des milliers de kilomètres à une vitesse incalculable.

Ce n'était pas un rêve. Pourtant, il s'en souvient comme s'il avait rêvé. Une seule chose est vraie: Philippe a, par des paroles magiques, transformé un vieux canot d'écorce en oiseau, en fusée... Et cet objet volant bizarre lui obéissait. Après avoir vécu cela, Philippe ne peut plus marcher dans le couloir de l'école comme si rien ne s'était passé. Maintenant qu'il a volé, il ne sent plus de la même manière la terre sous ses pieds.

La tête appuyée sur son poing, il réfléchit aussi fort que le *Penseur* de Rodin. Dans son carnet bleu, il écrit: « J'ai vu la terre comme si j'étais un ange avec des ailes. »

Philippe n'est pas comme d'habitude. Ses amis supposent qu'il est bouleversé par l'accident de son père. Anne Tremblay soupçonne

qu'il y a une autre raison. Philippe se tait
d'une manière spéciale, remarque-t-elle. À la
table de la cafétéria, il ne parle pas, il n'écoute
pas. Il est ailleurs.

— Philippe, comment est ton père? demande le grand Chaput en frottant ses bottes
avec un kleenex comme il le fait cent fois par
jour.

— Mon père est mon père, et moi, je suis
moi, s'impatiente Philippe.

— Quand le malheur touche nos parents,
dit Anne Tremblay, il nous touche aussi. On
pourrait t'aider, peut-être.

— Même moi, j'ai remarqué que tu as
changé, confesse le gros Petit.

— Tu as l'air d'une cacahuète dans son
écale, dit Oui-non, ou plutôt d'une banane
dans sa pelure.

— L'accident de mon père m'a ébranlé,
confesse Philippe. Il y a aussi autre chose...
J'ai vécu une grande aventure...

Sur ces paroles énigmatiques, il ramasse ses
livres et va quitter ses amis avec l'air plutôt
supérieur de celui qui sait que vous ne savez

pas. Ils se serrent autour de lui. Philippe scrute leurs yeux:

— Faites le serment de ne pas répéter ce que je vais vous dire.

— Oui, promettent-ils tous, dans un chuchotement unanime.

— Moi, dit Oui-non, je promets deux fois plus fort que les autres.

— J'ai découvert la formule magique qui permet à un canot de voler à la vitesse d'une fusée...

Comment ses amis pourraient-ils croire ce qu'ils ont entendu?

À la sortie du cours de géographie, ils l'attirent dans un coin qui n'est pas trop achalandé. Anne Tremblay lui présente un document signé par elle-même, Chaput, le gros Petit, et Oui-non. Il lit: «Diplôme de l'université de la menterie. Mérité avec excellence par Philippe Doré, pour l'invention d'un mensonge supersonique.»

Le canot a été rangé dans un entrepôt du musée. Si Philippe prononçait les paroles magiques, le canot viendrait à ses pieds. Il en est sûr, le canot obéirait comme un chien fidèle. Seuls les murs l'en empêchent.

Le mois de mars s'étire, ennuyeux comme une classe qui s'allonge quand on a envie d'être ailleurs. La neige semble éternelle. En avril, elle commence à fondre. Revenu à la maison, le père de Philippe fait quelques pas dehors avec la joie d'un enfant qui marche pour la première fois.

Une partie de l'âme de Philippe n'est pas revenue de son voyage extraordinaire.

Plusieurs fois, il va au musée. Il visite toutes les salles. Bien sûr, son canot n'est exposé nulle part. Il se rend au service de l'information. L'ordinateur repère plusieurs numéros de matricules identifiant des canots. Le musée possède donc une collection de canots... Aucune autre information n'est disponible. Elle serait bien inutile; les entrepôts ne sont pas ouverts aux visiteurs.

Ce musée est une forteresse; mieux vaut essayer de conquérir son père.

— Papa, auparavant je détestais toutes ces choses que tu accumules, confesse Philippe.

Maintenant je m'intéresse beaucoup a ta collection. Tu sais, ce canot que tu as envoyé au musée, il était magnifique! Maintenant que tu es en bonne santé, tu devrais ramener ce canot au grenier.

— Et je le verrais encore passer devant mon pare-brise avant de me faire emboutir! persifle son père.

Enfin juin. Puis les vacances d'été! Toutes les aventures seraient possibles s'il avait son canot. Il retourne pour la centième fois visiter le musée. Qu'aperçoit-il un jour? Son canot, entouré de tableaux et de dessins illustrant la légende de la chasse-galerie. C'est son canot! Il ne peut le toucher. Un garde-fou protège l'exposition. C'est son canot! Il faut le sortir de là.

Deux vieux gardiens montent la garde. Leur bedaine sert d'oreiller à leur tête qui tombe. Philippe est chanceux. À cette heure, les visiteurs ne sont pas nombreux. Faut-il agir rapidement? Faut-il agir lentement? Une extrême prudence est de mise. Allons lentement. Philippe chuchote:

— *Acabris! Acabras! Acabram!*
Canot, viens me trouver très lentement.

Le canot bouge. Très doucement il glisse sans bruit sur le plancher. Philippe surveille les gardiens. Quand le canot glisse, ils ouvrent leurs yeux, semblent regarder mais ne voient pas. Le canot suit Philippe. Il est déjà près de la sortie. Tout est simple. Ce sera facile.

Malheureusement un groupe de touristes s'abattent dans la salle en caquetant. Ils entreprennent de photographier Philippe et son canot. Une dame âgée vient lui cajoler les cheveux:

— Vous êtes un charmant petit Iroquois! dit-elle avec un accent très français.

Puis les questions pleuvent. Philippe doit expliquer comment il pêche, comment il avironne, comment il fait les portages, comment il vit sous la tente dans la forêt, comment il fabrique un canot d'écorce de bouleau.

Le groupe se déplace comme un essaim d'abeilles. Philippe se retrouve seul avec son canot. Le bruit des touristes a dérangé les gardiens. Ils ne sont pas assez éveillés pour s'apercevoir que le canot a changé de place. Ils ne sont pas assez endormis pour ne pas le voir. Philippe fait deux pas, quatre pas, cinq, six, sept. Le canot le suit: huit pas, neuf pas, dix, onze, douze. Les gardiens ont les yeux ouverts. Mais ils somnolent. Enfin, il atteint la sortie.

Quelques heures plus tard, ses amis Anne Tremblay, le gros Petit, Chaput, Oui-non reçoivent une note énigmatique: Grimpez sur mon toit, ce 21 juin, à midi précisément. — Signé: Amiral Philippe Doré.

Les amis se présentent à l'heure au rendez-vous. Cette ponctualité s'explique: en vacances, on s'ennuie toujours un peu. Philippe est déjà grimpé sur le toit.

Chacun son tour, les amis montent à l'échelle. Oui-non hésite, regarde en bas et en haut. Il a peur. Anne Tremblay grimpe comme si elle n'avait pas peur. Pourtant ses jambes tremblent. Le grand Chaput grimpe comme il marche, à grand pas, sans se presser. Le gros Petit souffle comme une locomotive qui tire une charge trop pesante.

Philippe leur fait signe de marcher sur le toit à pas feutrés. Il leur indique le canot d'écorce:

— Assoyez-vous.

Chacun obéit comme un matelot discipliné.

— Fermez vos yeux, dit-il.

Ils lui obéissent encore.

— *Acabris! Acabras! Acabram!*

Canot, fais-nous voyager par-dessus les montagnes.

— Ouvrez vos yeux!

L'air ébahi, ils voient le ciel bleu. Il n'y a que le ciel à perte de vue. En bas, la terre comme une planète lointaine; les villages égrenés, les champs et les forêts confondus. Bientôt ils aperçoivent la mer, vaste comme le ciel et si profonde. Les amis de Philippe pâlissent de vertige.

— T'as pas menti, Philippe!

Puis un sourire d'extase s'étend dans tous les visages. Cette magie doit continuer. Elle dure.

— Regardez la terre rouge. Nous sommes au-dessus de l'île du Prince-Édouard. Nous allons atterrir, annonce Philippe. Le canot se

pose à l'abri derrière une touffe d'arbustes sur
une dune.

— On a parcouru 1 000 km, dit Philippe.

— En quelques minutes, précise Anne
Tremblay.

Ils débarquent en se frottant les yeux
comme s'ils sortaient de leur lit après un rêve.

La plage s'étend, dépeuplée. Le sable est
roux. La mer est d'un bleu parfait. Près de
la berge, des hommes, comme des jardiniers
cueillent une algue verte, la mousse irlandaise.
Pas très loin de la rive, des bateaux flottent
paisiblement. On peut voir les pêcheurs re-
monter à la surface les cages à homards.

Une jolie dame en robe claire s'approche
entre les dunes. Elle est coiffée d'un grand
chapeau démodé. Un corbeau noir est perché
sur son épaule. Un vieux chat la suit. À voir
ses oreilles déchirées, on devine qu'il a traversé
de nombreuses guerres.

— Vous venez d'ailleurs? demande la jolie
dame.

— De Québec, précise Anne Tremblay.

— Oh, mon bon chat ira à Québec bientôt. C'est un grand voyageur. Moi je vais

rester à la maison avec mon corbeau. Je l'ai
recueilli quand il était blessé à l'aile. Je l'ai
soigné. Il n'a pas voulu repartir. Et j'en suis
bien contente. Je serais souvent seule sans mon
corbeau.

Philippe n'est pas sûr d'avoir bien compris:

— Votre chat voyage?

— C'est un chat aventurier, un casse-cou,
un pirate, un voyou, un poète. Je sais tout ce
qu'il fait, car il tient un journal.

— Il prend des notes comme Philippe, se
moque le gros Petit.

— Dans mille ans, annonce la jolie dame,
l'île aura disparu. Comme un bateau qui
coule. À cause de cet idiot de Stevenson. C'est
un inventeur. Il est complètement fou. Sur
l'île, on cultive surtout la pomme de terre. Stevenson est en train de construire une machine.
C'est une sorte de gros râteau pour récolter
automatiquement les pommes de terre. À
l'arrière de sa machine, les pommes de terre
vont sortir sous la forme de croustilles, tout
empaquetées: exactement comme la morue, le
thon, sont dépecés, emballés et congelés sur
les bateaux de pêche. Moi, je dis que c'est

mauvais pour l'île; les grosses dents de la
machine déchirent la terre profondément.
Cela accélère l'érosion. Avec cette machine-
là et les vents, les pluies et la neige, l'île va
être engloutie. Tous les jours, je viens ici, près
de la mer, pour vérifier de combien l'île s'est
abaissée dans la mer. Aujourd'hui, on dirait
que l'île est plutôt sortie de la mer. Ce n'est
peut-être pas une île. Nous sommes peut-être
sur le dos d'une baleine géante.

— Je crois qu'il est temps de partir, annonce Philippe.

— Restez. Restez. Ne croyez pas toutes mes
histoires.

— Madame, il faut partir, explique
Philippe.

— Je comprends, dit la dame, la vie est un
départ continuel.

— Venez les amis! ordonne Philippe.

La dame les regarde courir vers une dune
et disparaître. Puis, l'espace d'une demi-
seconde, elle entrevoit un gros poisson qui
nage dans le ciel et disparaît.

Chapitre V

En peu de temps, on traverse de l'île du Prince-Édouard à la Nouvelle-Écosse. Le canot semble suspendu sous le plafond d'azur. Aucun des amis ne comprend encore. Comment, à cette vitesse, à cette hauteur, peuvent-ils ne percevoir ni vent, ni froid, ni résistance de l'air. Ils sont entourés par un rêve douillet.

Le contour de la Nouvelle-Écosse se révèle. C'est presque une île.

— La Nouvelle-Écosse ressemble à un homard! s'étonne le grand Chaput.

Des îlots sont égrenés comme des miettes du territoire de la province. Les gentils matelots du canot volant regardent défiler la côte tout en zigzags avec ses plages et ses falaises abruptes. Dans les modestes ports de pêche, les maisons sont peintes aux mêmes couleurs que les barques. Apparaissent ensuite des boisés, des prairies, des villages à l'air propret et puis des baies qui s'étendent comme des mers intérieures et créent des presqu'îles. N'est-ce pas Sydney, là, avec les hautes cheminées fumantes de ses aciéries?

— Louisbourg ne doit pas être très loin, au sud, suppose Philippe.

Bientôt se dessinent le clocher, les fortifications, les toits, les lucarnes de Louisbourg.

Cette forteresse démolie en 1760, a été reconstituée exactement selon les plans anciens. Elle est maintenant habitée par des acteurs en costumes d'époque.

Le canot s'engage dans sa descente et se pose assez loin du pont-levis pour n'être pas remarqué par quelque touriste.

À l'entrée de la Porte du Dauphin, un soldat français, très sérieux, monte la garde. Le gros Petit s'informe où l'on peut manger.

— Va droit devant. Au coin, tu vas trouver l'auberge de la Mère Auger dit Grandchamps.

Nos amis rencontrent des soldats en tunique bleue, des pêcheurs habillés de toile, des dames en jupes longues, des hommes qui ressemblent à ces bourgeois des peintures anciennes. Les chapeaux des hommes ressemblent à ceux des livres d'histoire. Les femmes portent des coiffes empesées. Des fermiers poussent des charrettes. Des ouvriers travaillent le bois avec des outils démodés. Nos voyageurs s'attardent devant les casernes, devant le magasin du roi. À l'auberge, une grosse et joviale dame à bonnet accueille le groupe: c'est la Mère Auger dit Grandchamps:

— L'auberge est ouverte! Entrez, les enfants!

— Les amis, dit Philippe, je suggère qu'on mange plus tard. Personne ne meurt de faim encore...

— Moi j'ai tellement faim que je maigris à vue d'œil, se plaint le gros Petit.

Rassasiés, ils sont rembarqués et survolent la citadelle de Halifax qui rappelle celle de Québec. L'on aperçoit les tours à bureaux mais aussi des rues étroites avec des maisons anciennes. Le port est long et immense. Il est rempli de bateaux. Plus loin se dressent dans la mer les tours de forage. Là, sous l'eau, l'on sait que se cache une richesse.

— 20 trillions de pieds cubes de gaz, assure Philippe qui a lu ça quelque part.

— Ça prend combien de zéros? demande Chaput.

— On peut faire cuire plusieurs repas avec tout ce gaz, commente le gros Petit.

— La Nouvelle-Écosse: c'est là où le Canada a commencé, dit Philippe. Champlain s'est établi à Port-Royal en 1605. À cet endroit, il a bâti sa première habitation.

— Les Vikings étaient venus en ce continent bien avant les Français ou les Anglais, dit Anne Tremblay.

— Avant tout le monde, il y eut les Amérindiens, dit Oui-non.

Remontant vers le nord-ouest, le canot s'approche d'une baie presque fermée. On dirait un lac. Autour, le sol est plat. Les champs verts s'étendent dans une tranquillité presque irréelle. Les amis aperçoivent un bourg ancien, presque irréel aussi. C'est la reconstitution de la colonie de Champlain, l'Habitation entourée d'une palissade de bois. Cela a l'air charmant, cela est rustique, ancien, mais l'on passe sans s'arrêter. Philippe note dans son carnet: «Il est sans doute plus facile d'imaginer le passé que l'avenir.»

Philippe laisse son canot flâner en suivant la côte le long de la baie de Fundy. À Annapolis Royal, Oui-non est intrigué par la vue d'une île étrange:

— Ou bien elle est artificielle, ou bien elle a été retournée comme un gant, dit-il.

— On dirait l'île de Jules Verne, commente Anne Tremblay.

Au milieu s'élève une sorte de tour, de chaque côté s'étendent des barrages. Rien sur cette île ne semble naturel.

— Ça doit être la centrale électrique marémotrice d'Annapolis, suppose Philippe.

— Je comprenons rien, se plaint Anne Tremblay, avec l'accent acadien.

— Je comprenons pas non plus, imite Oui-non.

— Je vais vous expliquer, dit Philippe. La baie de Fundy est célèbre par ses marées. Elles sont les plus hautes au monde: 14 mètres. Ces marées produisent de l'énergie. Je vais te dire comment ça fonctionne. Quand la marée monte, elle remplit d'eau un réservoir. Cette eau fait tourner l'hélice des turbines. Alors les pôles du rotor tournent dans l'anneau qui induit le courant. C'est simple.

— Et c'est propre, dit Anne Tremblay.

— En route pour le Nouveau-Brunswick! proclame Philippe.

Au-dessus du détroit de Northumberland, le canot ne vole pas très haut. Le temps est limpide. La mer est claire.

— Regardez dans l'eau! s'écrie le gros Petit. On distingue la forme d'un bateau. On le voit sous l'eau!

— Dans le passé, dit Philippe, des bateaux ont sombré avec des cargaisons très riches.

— Alors, il faut aller chercher le trésor! conclut le gros Petit.

— Allez, va voir, plonge! dit Anne Tremblay.

— Je vais enregistrer l'emplacement dans mon carnet, dit Philippe. Nous reviendrons...

Et il note: «Rien n'est meilleur pour la santé qu'un rêve!»

La côte du Nouveau-Brunswick est couverte de forêts découpées par les rubans gris ou

noirs des routes qui serpentent entre les épinettes, les mélèzes, les sapins. Vers l'est, la
terre se révèle plutôt plate. Sur une pointe de
terrain, des cubes blanchâtres, des édifices qui
ressemblent à des entrepôts avec le cylindre
géant d'une cheminée trapue. Perdus entre la
mer et la forêt, ces établissements sont entourés d'une haute clôture barbelée.

Il est facile d'atterrir derrière les épinettes
et de marcher jusqu'à la barrière qui est pro-
tégée par un garde. Il n'est pas souriant.

— Vous êtes devant la centrale nucléaire de
Pointe Lepreau, dit-il.

— Nucléaire? s'inquiète Oui-non.

— Nucléaire, oui monsieur. Nous produi-
sons 630 000 kW d'énergie électrique.

Le garde porte une arme à sa ceinture.

— Nous, on n'aime pas le nucléaire, pro-
fesse Chaput.

— S'il y avait du danger, je serais ailleurs
qu'ici, assure le garde, avec mes 12 enfants et
42 petits-enfants. Dans notre centrale, tout est
contrôlé par ordinateur. Ces bêtes-là ne font
pas d'erreur. Tous les systèmes de contrôle

sont doubles, parfois triples. Il y a des ordinateurs pour contrôler les ordinateurs. C'est comme si, sur chaque roue d'une voiture, on avait trois freins. C'est très sécuritaire.

— Si les gens gaspillaient moins d'énergie, alors on n'aurait pas besoin de réacteurs nucléaires... propose le garde. Si j'étais jeune comme vous, je me mettrais à la recherche d'une énergie inconnue. Entre nous, j'aimerais mieux être gardien d'un jardin.

— On aimerait visiter, dit Anne Tremblay.

— Interdit.

— C'est l'hospitalité nucléaire, conclut Philippe.

Dépités, les amis retournent vers leur canot. L'air fleure le parfum sucré de la résine. Il y a toute la musique des insectes qui s'agitent dans les herbes et des oiseaux qui se répondent au faîte des arbres. L'odeur âcre de la terre humide ainsi que celle de la mer s'emmêlent. Cela sent si bon qu'ils deviennent un peu étourdis. C'est l'odeur de la vie avec tout son passé inconnu et tous les secrets de l'avenir.

— J'ai une idée! annonce Anne Tremblay.
J'ai besoin d'un canif...

— Prends le mien, offre le gros Petit.

— Maintenant j'ai besoin d'un arbre sec.

Ils n'ont pas à chercher longtemps. Le tronc
majestueux d'un sapin se tient debout, comme
un vieux soldat. Anne Tremblay s'applique à
graver un message dans le bois dur: «LA VIE
EST UNE CHANCE», signé: Les amis du
canot volant.

Puis ils sautent dans leur embarcation qui
monte vers le nord, en suivant le sentier bleu
de la rivière Saint-Jean. Philippe songe que
son canot ancien a peut-être déjà flotté sur
cette rivière. Qu'il serait intéressant de con-
naître la mémoire de son canot.

L'équipage regarde défiler des champs où
s'alignent des sillons interminables réguliers
et surmontés d'une crête verte: ce sont des
champs de pommes de terre. Ils voient s'ap-
procher une ville, avec son usine et ses montagnes de billes de bois. C'est Edmundston,
rattachée par un pont aux États-Unis. Et de
l'autre côté, au nord c'est déjà la frontière du
Québec.

— Je veux pas sortir du Nouveau-Brunswick sans manger du homard, affirme le gros Petit.

— À bâbord! Retournons vers l'Atlantique! commande Philippe.

Par-dessus les collines, le canot file vers la baie de Miramichi. La plage est déserte. Ils peuvent s'y poser sans danger. Ils entendent de la musique, du violon, des voix, une chanson, des rires. Cela provient de derrière un monticule. Ils grimpent dans le sable qui roule. C'est une noce! Des robes fleuries. Des costumes noirs. Une mariée en robe blanche. Et une longue table, avec des bouteilles de vin et une montagne de homards.

— On vient du Québec et on voudrait goûter à votre homard! crie le gros Petit dans un remarquable langage diplomatique.

Anne Tremblay lui donne un coup de pied, pas trop fort, sur la jambe:

— T'as pas de manières!

— Venez les enfants. On vous invite, dit un homme à la barbe blanche.

— Petit, mange pas trop, l'avertit Philippe.

Si tu deviens trop lourd pour le canot, on te
laissera ici, au Nouveau-Brunswick.

Malgré l'avertissement, le gros Petit, avec
son appétit illimité, s'abat sur les homards
rouges, mais une grosse dame, une ronde
dame joufflue, le saisit par le bras et l'entraîne
dans une danse endiablée. Le gros Petit a l'air
d'un moustique sur la mer agitée. Et il a si
faim !

La grasse dame le lance et le ramène comme
un yo-yo. Anne Tremblay se trémousse avec
l'ancêtre à la barbe blanche. Il a l'air aussi
vieux que le bon Dieu, mais ses jambes sont
aussi vives que celles d'un chevreuil. Le grand
Chaput emprunte une guitare car les musi-
ciens de l'orchestre l'ont invité à jouer avec
eux. Oui-non ne quitte pas une seconde une
jeune Acadienne. Quand il danse, ses pieds
vont l'un à droite, l'autre à gauche. Philippe
ne cesse d'interroger le maire du village sur
la vie, l'économie, la politique. Quelle noce !

Chapitre VI

— D'où est-ce que tu viens si tard? demande sa mère à Philippe.

Lui dire la vérité aurait l'air d'un mensonge. Elle ne le croirait pas. D'autre part, il ne veut pas mentir: quand on ment à quelqu'un, on se ment à soi-même. Alors Philippe dit la vérité. Ses paupières tombent de fatigue et ses yeux sont éraillés:

— Je suis allé dans les Maritimes, maman.

— Philippe, ça te reprend. L'autre jour, quand le cœur de ton père a flanché, tu nous as raconté que tu étais allé à Terre-Neuve. Maintenant tu dis que tu reviens des Maritimes!

— J'ai couru la chasse-galerie dans mon canot d'écorce, comme les anciens forestiers. Et j'ai rapporté des homards. Regarde la boîte. C'est écrit: «Homards du Nouveau-Brunswick». Regarde s'ils sont beaux. Tout bruns. Ils sont à peine sortis de la mer.

Sa mère regarde sans croire. Subitement le visage maternel s'éclaire:

— Toi, un jour, tu vas écrire des romans.

Philippe tombe dans son lit. Sa vie se mêle à la nuit, comme une goutte d'eau se perd dans la mer. Tout n'est plus que rêve. Il est parti dans un canot invisible pour un voyage dont il ne se souviendra peut-être pas.

Philippe dormirait durant des heures et des heures encore, s'il n'entendait la voix insistante de sa mère et des coups à la porte de sa chambre:

— Philippe! Téléphone! Philippe! Téléphone!

Il lui semble que ce boucan ne s'adresse pas à lui. Il se cache la tête sous son oreiller.

— Philippe! insiste sa mère. Il est cinq heures du matin. Tes amis devraient être raisonnables et ne pas te téléphoner aussi tôt. Réveille-toi!

Philippe s'impatiente. Comment pourrait-il dormir avec tout ce vacarme? Maintenant le père de Philippe s'en mêle: depuis longtemps, il n'a pas entendu la voix de son père tonner ainsi:

— Philippe, réponds au téléphone.

Philippe se lève avec peine. Il se heurte partout, se prend les pieds dans la moquette, tâtonne à la recherche du téléphone. On semble l'avoir changé de place pour lui rendre la vie plus pénible:

— Allô! dit-il d'une voix enrouée.

— Allô! c'est moi, Oui-non. J'ai pensé qu'il était trop de bonne heure pour t'appeler, mais en même temps j'ai pensé que tu serais encore à la maison...

— Ouais. Je pense que je suis à la maison et qu'il est bien de bonne heure.

— Philippe, est-ce qu'on va faire un autre voyage en canot aujourd'hui?

— NON!

Sans être vraiment réveillé, Philippe retourne à son lit encore chaud. Il s'endort comme si rien n'était arrivé. Le jour revient sur la terre. Les oiseaux reprennent leurs travaux, leur chasse et leur chant. Philippe n'entend rien. L'échelle vissée au mur de la maison est secouée. Des mains s'agrippent aux échelons, des pieds qui s'y posent. On grimpe sur le toit. Dans son lit comme une marmotte dans sa tanière, Philippe n'entend rien. Le mur vibre. Sa mère surgit dans sa chambre sans frapper :

— Philippe, tes amis sont sur le toit.

Quelles paroles magiques a-t-elle prononcées? Au lieu de faire le sourd comme d'habitude lorsqu'il est dans son lit, Philippe bondit, dévale l'escalier, semble passer à travers la porte. Il arrive sur le toit, en même temps que les envahisseurs, les yeux pleins de furie.

— Qu'est-ce que vous faites là?

— On est prêts à partir en voyage, dit Anne Tremblay.

— Moi, dit Philippe, je ne suis pas prêt.

Chaput, Anne Tremblay, le gros Petit, Oui-non sont désarçonnés. Pourquoi est-il de si mauvaise humeur?

— On voulait juste aller faire un tour de canot, tranquillement, sans te déranger.

— Vous voulez tout gâter. Notre aventure est magique. Y'a rien de plus fragile que la magie. Un capitaine de bateau n'aime pas qu'on parte sans lui. Ça s'appelle une mutinerie...

À la manière des pirates de la plus mécréante espèce, les amis de Philippe ont tenté de s'emparer de son canot. S'il n'était pas intervenu à temps, le canot se serait peut-être envolé sans son capitaine, aux ordres de flibustiers de basse catégorie.

Il faut mettre le canot en un lieu sûr où il sera protégé de tous les dangers. Hier le journal annonçait la disparition mystérieuse d'un canot d'écorce qui faisait partie d'une importante exposition au musée.

Son père ne monte plus au grenier. Le médecin lui a déconseillé de monter des escaliers.

Alors sa décision est prise. Philippe rangera le canot volant à l'abri de tout et de tous.

Il ouvre les deux battants de la fenêtre du grenier et il appelle:

— *Acabris! Acabras! Acabram!*

Canot, rentre doucement dans ton nid.

Le canot, dans un bond élégant saute du toit à la fenêtre, pour disparaître dans le grenier.

Philippe entend son père hurler comme s'il était tombé dans une crevasse profonde. Il dévale les escaliers et se précipite vers lui.

— Philippe, j'ai encore vu un canot dans les airs. L'autre fois, quand j'ai vu voler un canot... Philippe, as-tu vu, toi, un canot voler?

Philippe n'aime pas mentir.

— Papa, c'est certainement la chasse-galerie.

— Philippe, j'ai besoin d'une petite sieste.

Le lendemain, c'est la bibliothécaire en chef qui est surprise. Plutôt matinale, à son bureau, elle aperçoit un groupe d'adolescents qui attendent, assis sur le seuil contre les portes verrouillées.

— Est-ce qu'on peut entrer avec vous? demande Anne Tremblay.

— La bibliothèque n'ouvre que dans une heure.

— On a soif d'apprendre, explique le grand Chaput.

— Qu'est-ce que vous voulez apprendre?

— On voudrait de l'information sur le Canada, dit Anne Tremblay.

— Ah! le Canada! répète la bibliothécaire en chef. Mais vous n'avez pas de devoir à faire en été...

— Nous, c'est pour le plaisir de la science, explique Chaput en se courbant pour frotter ses bottes.

— On prépare une mission impossible, confie le gros Petit. On veut lire.

— Vous devez avoir beaucoup lu, vous, madame? demande le gros Petit.

— Mais oui, c'est un peu mon métier.

— Madame, si vous avez déjà lu les livres, intervient le grand Chaput, c'est pas la peine qu'on les lise encore une fois. Vous pourriez nous dire ce qu'il y a dedans.

La bibliothécaire en chef examine chacun des amis par-dessus ses lunettes. Après réflexion, elle annonce:

— Je vais vous ouvrir dès maintenant.

L'âme réchauffée par le plaisir de voir que la jeunesse n'est pas désintéressée du monde, la bibliothécaire en chef sourit en leur ouvrant la porte.

Les adolescents se précipitent vers les rayonnages, s'emparent de piles de livres. Ils les feuillettent, analysent des cartes géographiques, interrogent les illustrations. Ils lisent même. La bibliothécaire en chef est étonnée de voir Chaput, Petit-gros et Oui-non rivés à leur livre avec autant de concentration que s'ils conduisaient une voiture de course.

Il n'existe pas plus heureux plaisir que la lecture: voilà ce que la bibliothécaire en chef a toujours cru. Ces parfaits adolescents, ce matin, lui donnent raison. Même le plus grand qui ressemble plus à un brin de mauvaise herbe qu'à un futur philosophe, prend des notes. La bibliothécaire en chef prend des photographies de ces jeunes pour son rapport annuel au maire de la ville.

Ce soir-là, chacun des membres de l'équipage du canot volant trouve un billet énigmatique dans sa boîte aux lettres: «Lisez message sur les huit briques de la rangée 12, à l'est de la porte sud de l'école.»

Anne Tremblay, le grand Chaput, le gros Petit et Oui-non s'empressent vers l'école; ils repèrent les huit briques et chacun a le cœur battant en lisant: «Départ demain, Plaines d'Abraham, 8 heures 13. — Objectif Ontario. Retour demain soir.»

À l'heure dite, Philippe et ses amis prennent leur envol. Bientôt ils atteignent Montréal, son stade, ses pyramides, ses tours, ses clochers. Le fleuve Saint-Laurent ressemble à une autoroute où quelques lents véhicules bougent à peine.

La ville de Montréal a tourné le dos au fleuve Saint-Laurent et aux bateaux amarrés dans son port. Elle escalade le Mont-Royal tout couronné d'arbres. C'est autour de sa montagne que Montréal s'installe.

À tribord, une construction ressemble à une tortue géante avec une queue dressée. C'est le stade olympique. Le canot survole ce trou béant où quelques ouvriers ont l'air d'insectes.

— J'ai une idée formidable, dit Philippe. Généralement, on survole les villes. À Montréal, on peut voler sous la ville!

— Qu'est-ce que tu veux dire? demande Anne Tremblay.

— Suivez-moi!

Les automobilistes sont préoccupés dans leurs embouteillages; ils ne lèvent jamais les yeux. Ils ne voient pas ce canot qui flotte dans le ciel de la ville, hésite, tourne à gauche, à droite, et descend. Le pilote est à la recherche d'une enseigne de métro. Voici! Là-bas.

Le canot s'élance vers l'entrée de la station. Le péager, dans une journée, voit passer tant de gens. Il ne s'étonne pas d'un canot filant devant ses yeux:

— Monsieur, votre billet! crie-t-il au canot qui a déjà dévalé l'escalier.

Le tunnel du métro est noir, à 20 mètres sous la surface. À intervalles réguliers, une lumière de sûreté fait une tache jaunâtre sur la paroi.

— Si c'est ça que tu appelles Montréal, se plaint Chaput, j'aurais aimé mieux rester chez moi au sous-sol.

Brusquement, dans cette nuit opaque, et silencieuse, une rame de métro, fonce vers le canot.

— *Acabris! Acabras! Acabram!*
Canot échappe-toi, sauvons-nous!

Dans sa fuite le canot aboutit à la station de la Place des Arts. Quelqu'un marche sur les rails, avec une sorte de petite valise.

— Ôtez-vous de là! avertit Philippe. Vous allez vous faire écraser.

— Je veux mourir. Je suis un flûtiste. Je me suis présenté au concours international de musique. J'étais le meilleur. Mais j'ai fait une fausse note. Un génie comme moi n'a pas le droit de faire une fausse note.

— Si le train te passe sur le corps, dit le Gros Petit. Ça va faire une fameuse fausse note.

— Viens avec nous.

Le jeune musicien monte dans le canot sans questionner l'étrangeté d'un tel véhicule dans le métro.

— Le Forum est par ici quelque part, déduit Philippe.

— *Acabris! Acabras! Acabram!*
   Canot, conduis-nous au Forum.

Le canot tourne, s'engage dans un couloir, monte un esaclier. Après quelques courbes et pirouettes, le canot plane au-dessus de la patinoire. Quelques joueurs de hockey se bousculent à la poursuite d'une rondelle.

— C'est des joueurs de l'équipe des Canadiens, s'émerveille Chaput.

— Je les reconnais! s'étonne le Gros Petit.

Le canot s'immobilise sous l'horloge, au centre.

— C'est comme à la télévision! remarque le grand Chaput.

— La saison de hockey est terminée et les joueurs s'entraînent encore, remarque Anne Tremblay.

— Ils sont les champions, réfléchit Oui-non. Mais s'ils ne pratiquaient pas leur jeu quand les autres se reposent, ils ne seraient pas les champions.

— Descendez-moi au sol, annonce le jeune musicien qui voulait se suicider. Je veux pratiquer ma musique pendant que les autres se reposent. Je serai le champion au prochain concours.

Nos aventuriers sont déjà loin du Forum, mais la musique d'une flûte animée d'une grande gaieté se propage dans les couloirs du métro.

D'autres aventures les invitent et le canot s'empresse au-dessus du fleuve.

— Je vois des îles en avant! annonce le gros Petit.

— Tu veux dire: «à la proue», corrige Philippe. Ce sont les Mille-Îles.

— Rapprochons-nous, suggère Anne Tremblay.

Il y a un milliard d'années, les glaciers qui fondaient ont laissé ces îles comme traces de leur passage. Dans son carnet bleu, Philippe griffonne: «Si je veux comprendre ma propre nature je devrais ajouter à mon âge l'âge de la nature.»

En douceur, le canot se pose sur l'eau. Il dérange l'ordre des choses, car de grands oiseaux apeurés s'enfuient de tous côtés: des sauvagines, des oies, des cygnes! Quel parfum! C'est l'odeur des tilleuls, des pitchpins, des caryers, emmélée à celle de l'ombre sur le fleuve. L'eau est sillonnée d'éclairs sombres: c'est le passage rapide d'un achigan ou d'un maskinongé.

— Moi, je me sens comme une coccinelle dans un jardin, dit Anne Tremblay.

— Entrons plus loin dans les îles, fait Philippe.

Le canot glisse sans effort, sans bruit, sans le halètement de rameurs. Parfois sur les îles, l'on devine derrière le feuillage, de confortables manoirs. Parfois l'île est petite, juste pour abriter une jolie bicoque. Ici le gneiss luit à la lumière. Là, l'île, toute de sable, s'effrite sous la verdure.

— Un jour, dit Anne Tremblay, j'aimerais avoir une île à moi. Je lui donnerais un nom de pays et je rédigerais une constitution.

— Ici, c'est bien trop tranquille, tranche Chaput.

— *Acabris! Acabras! Acabram!*

Canot, emmène-nous jusqu'à Toronto.

À Toronto, les amis survolent une forêt de gratte-ciel. Le soleil s'y mire et s'y brise en éclats aveuglants. Philippe décide d'atterrir sur le toit d'un de ces immeubles qui, vus de haut, ont l'air d'osciller sur leur base. Ils rangent l'embarcation derrière une cage d'aération et se dirigent vers une sorte de cabanon.

Anne Tremblay pousse la porte. Elle s'ouvre. Ils s'engouffrent, descendent un escalier en colimaçon puis se trouvent devant une autre porte.

Elle s'ouvre pourtant sur un hall éclairé où sont découpées plusieurs portes d'ascenseurs côte à côte. Ainsi ils atteignent le niveau de la rue Bay, la rue des financiers.

— Ici, annonce Philippe, l'argent coule comme de l'eau. Ces gratte-ciel sont des turbines à finance.

— Les amis! s'écrie Oui-non, regardez ce que j'ai trouvé, ça peut pas être un portefeuille!

Il exhibe un portefeuille de cuir élégant, marqué d'initiales entrelacées, avec des coins bordés d'or qui contient une carte qui dit: William Bill Markovitch, First National Bank.

— L'édifice est juste en face!

À la queue leu leu, les amis entrent dans l'édifice de la banque. Au comptoir, ils demandent à voir monsieur William Bill Markovitch.

— Personne ne peut voir monsieur Markovitch, dit la préposée. Il est le patron. Personne ne voit le patron.

— Il a perdu son portefeuille. On l'a trouvé. On veut le lui remettre.

— Je vais téléphoner.

Quelques instants plus tard, quelqu'un

vient à la rencontre des enfants, tendant la main.

— Êtes-vous monsieur William Bill Markovitch? demande Anne Tremblay.

— Non, monsieur Markovitch est très occupé.

— On veut juste lui remettre son portefeuille.

— Alors, dit l'employé, je vais vous conduire.

Après une longue envolée en ascenseur, ils traversent des bureaux, parcourent des couloirs de marbre, franchissent des portes avec des verrous de sécurité, d'autres portes massives en acajou et, à la fin, un homme aux cheveux argentés les accueille.

— Je suis Bill Markovitch. Excusez-moi, je suis très occupé. J'ai un homme qui pleure dans mon bureau.

— Avez-vous un papier d'identité? demande Anne Tremblay.

— J'ai tout perdu. Tout était dans mon portefeuille. Regardez, il y a une carte d'identité dans mon portefeuille. C'est juste après la photo de mon petit-fils de sept mois.

Sans se laisser impressionner, Anne Tremblay vérifie soigneusement.

— Merci de m'avoir rapporté mon portefeuille. Vous êtes honnêtes. Je voudrais vous récompenser. Qu'est-ce que je peux vous offrir? Venez dans mon bureau.

Un gros homme, le corps raide dans son costume foncé, est assis dans un fauteuil de cuir noir. Il a des larmes aux yeux.

— Mon grand-père Black et mon père Black n'étaient pas idiots comme moi; pendant un siècle, ils ont bâti une entreprise. Tout à coup, au lieu de consolider l'entreprise, moi je l'ai risquée au jeu. Je buvais du whisky avec mister White, un idiot de mon espèce. On a fait un pari aussi idiot que nous. Mister White et moi allons faire une course d'autos. Celui qui gagne recevra l'entreprise du perdant. J'ai quelques bonnes voitures, mais je ne sais guère conduire. Mon père disait: «Un Black laisse conduire son chauffeur. C'est plus facile et cela crée des emplois.» Lui, il était sage. Moi, son fils idiot, je vais perdre son entreprise. Qu'est-ce qu'un idiot comme moi peut faire?

— Gagner la course! propose Philippe.

— Mais je ne peux pas. Je suis trop idiot
pour gagner ce pari idiot.

— Laissez-nous faire! suggère Anne Tremblay.

— Je sais quand même un peu conduire,
s'excuse monsieur Black mais je n'ai jamais
su reculer. Mon adversaire a été un champion
des Amériques...

Les deux parieurs se sont donné rendez-
vous à un feu de circulation, juste avant une
bretelle qui mène à l'autoroute.

L'adversaire de monsieur Black, a le visage
d'un de ces tigres affamés qui se nourrissent
de kilomètres.

Le feu va tourner au vert. L'engin de
l'adversaire gronde. C'est une auto rouge, une
auto-sport carénée comme un voilier.

— Je suis un idiot d'avoir parié contre un
champion. Je vais tout perdre. Mister White
va tout gagner.

Monsieur Black conduit un long carrosse
fait pour rouler dans les banlieues de retrai-
tés. En plus, monsieur Black transporte nos

quatre aventuriers, leurs sacs et leur canot attaché sur le toit. Monsieur Black perdra cette course. Si préoccupé par cette conviction, il n'a pas vu le feu tourner au vert. Mister White, lui, file déjà sur l'autoroute.

— Quand vous serez prêt, monsieur Black, partez, sourit Anne Tremblay.

— Je vais à cette course comme à mon propre enterrement.

— Pesez sur l'accélérateur, monsieur Black, dit Philippe. Autrement on est aussi bien d'aller à pied.

Sur l'autoroute, les voitures dépassent en sifflant.

— Je suis un idiot ruiné, répète monsieur Black. Sur ma pierre tombale, je veux qu'on écrive: «Ci-gît Oscar Black, idiot.»

— Mais si vous gagnez... suggère Anne Tremblay.

— Je ne peux pas gagner, je suis un idiot de perdant...

— Est-ce que le canot est encore très solidement attaché sur le toit? demande Philippe. Arrêtez. Je veux vérifier.

Monsieur Black docilement range sa voiture sur l'accotement.

— Puisque je vais perdre, aussi bien réussir le record de la lenteur!

Philippe vérifie. Le canot est bien arrimé sur le toit. Il reste encore de la corde dans le coffre arrière. Philippe enserre le canot dans un treillis de corde: une toile d'araignée géante.

— En route!

La voiture de monsieur Black repart à petit trot. Philippe sort légèrement la tête par la fenêtre et il murmure:

— *Acabris! Acabras! Acabram!*

Canot, transporte cette voiture à Niagara.

— Qu'est-ce que c'est ça? s'inquiète monsieur Black. On dirait que l'autoroute s'éloigne de ma voiture!

Emportée par le canot, la voiture vole. En dessous, les autres voitures ont l'air de jouets. Les voyageurs survolent cette région du Fer à cheval d'or où les usines s'alignent comme les maisonnettes dans les banlieues. Les cheminées sont hautes et leur fumée inquiétante. Des parkings immenses sont remplis de machines: camions, grues, tracteurs.

— Cette fumée moi, toute ma vie d'idiot, j'aurais voulu qu'elle soit rose! dit monsieur Black. J'ai engagé une équipe de chimistes idiots qui cherchent comment réaliser mon rêve d'idiot! Et la preuve que je suis idiot, c'est que j'ai l'impression de voler en avion...

— Monsieur Black, on vole. On est rendus à Niagara. On atterrit. Nous, on va reprendre nos sacs et le canot. Vous êtes en avance sur mister White. Roulez doucement jusqu'à la ligne d'arrivée. Vous gagnez la course!

— Dites-moi, les enfants, est-ce qu'on a vraiment volé dans les airs?

— N'allez pas croire ça, monsieur Black!

— Non, parce que mister White va vraiment me croire un idiot authentique.

Les chutes Niagara sont les plus hautes au monde, dit Oui-non. Peut-être qu'il y en a de plus hautes quelque part ailleurs; dans un endroit inconnu.

Anne Tremblay parcourt ses notes prises à
la bibliothèque: « Des aventuriers se sont cassé
le cou en sautant les chutes. Certains ont sauté
en canot. D'autres, en baril. Quelqu'un a mar-
ché au-dessus, sur un fil... »

— Au lieu de descendre les chutes comme
tout le monde, pourquoi qu'on ne les remon-
terait pas? propose le gros Petit.

— *Acabris! Acabras! Acabram!*
   Canot, escalade les chutes Niagara.
   Comme un saumon!

Dans un tourbillon grondant, dans un
nuage d'embrun, le canot cingle vers les chutes. Devant, Niagara forme une gigantesque
muraille d'argent sombre: 6 810 000 litres
d'eau tombent à la seconde. Cette énorme
masse d'eau pilonne le roc qui vibre comme
la peau d'un tambour. Les amis se sentent
minuscules, comme sur un fétu de paille.

Dans cette mousse terrible, tourmentée, le
canot escalade ce courant plus agité que la mer
en colère, dans mille trombes qui se bousculent. Les amis se cramponnent et n'osent
regarder.

Au sol, la ville de Niagara est paisible avec ses avenues larges bordées de platanes, de sassafras et de châtaigniers.

— Rendons-nous à Stratford, dit Philippe. Y a là le plus grand festival de théâtre au monde.

— Du théâtre? Pouch! rejette Chaput. Y'aurait pas un concert de rock'n roll quelque part?

— Allons au théâtre! s'enthousiasme Anne Tremblay. Je n'ai jamais vu une pièce de Shakespeare.

— À nous deux, Stratford! lance Philippe.

Ils survolent des fermes ordonnées comme des jardins. La terre y semble douce. Les vignes sont alignées en longues haies parallèles: des arbres sont couverts de fruits. Sur l'eau ombragée d'une rivière paisible, des cygnes flânent. De chaque côté, une proprette petite ville. C'est Stratford. Et voici le théâtre. Philippe remarque deux portes latérales ouvertes en vis-à-vis. Serait-il possible d'y entrer? Le canot enfile la première porte lentement… côté jardin. C'est la scène! On joue un spectacle! On présente le *Songe d'une nuit d'été.* C'est une pièce qui raconte un rêve. Puck est là, avec son arbre magique et ses amis à tête fabuleuse. Il faut sortir vite! Entre les cintres, les câbles qui tiennent les décors, le canot, doucement plane au-dessus des personnages. Sous les couleurs étudiées des projecteurs, le canot et son équipage semblent surgir d'un rêve. Comment cela est-il fait? Le metteur en scène est un magicien! Un génie! C'est merveilleux! La foule, d'un seul bond, se lève et acclame, en un crépitement débridé d'applaudissements, le canot qui disparaît par l'autre porte, côté cour.

Les aventuriers du canot ne liront jamais ce qu'un critique de New York écrira: «*Le rêve d'une nuit d'été* à Stratford, Canada: la rencontre de Shakespeare avec le folklore canadien-français redonne son sens à la poésie du Barde.»

— Est-ce qu'on a oublié d'aller à Ottawa? dit Chaput.

— Nous nous dirigeons plutôt vers le nord de l'Ontario, vers Sudbury, corrige Philippe. C'est la capitale mondiale du nickel. Ce sera plus intéressant que d'aller voir dormir deux vieux sénateurs...

— Tu ne devrais pas dire ça, proteste Anne Tremblay. Ottawa, c'est la capitale de la démocratie. La plupart des pays dans le monde n'ont pas la démocratie.

— Tu as raison, accepte Philippe.

Le canot survole la baie Georgienne avec ses 30 000 îles de roc érodé, ou plantées de chênes, de hêtres et d'érables. Il traverse des terres où les arbres se font plus rares, des terres qui ressemblent à l'Abitibi. Puis le sol devient noir. La verdure a peine à s'y agripper. La ville est sombre aussi. Les rues semblent avoir été improvisées. Ce qui compte, à Sudbury, c'est le sous-sol d'où sont extraites des montagnes de minerai.

— On dirait qu'on survole la lune.

En retrait des habitations et des usines, le véhicule se pose en douceur sur le sol aride et pierreux.

— C'était comme ça, la dernière fois que je suis allé sur la lune, se moque le gros Petit qui cherche une branche, la trouve enfin et la plante dans une fente du roc; à son sommet il noue son mouchoir rouge.

— En souvenir de notre conquête de la lune!

Catapultés dans leur canot, nos amis sautent au-dessus du grand lac Nipissing, survolent North Bay où, affirme Philippe, des souterrains abritent des centaines d'avions. La tour de l'horloge du parlement d'Ottawa apparaît dans le soir qui descend. Les amis aimeraient arrêter à Ottawa, mais leurs parents vont s'inquiéter. Il est déjà tard.

— L'horloge est en retard, remarque Chaput.

— Ottawa est toujours un peu en retard, blague Philippe.

— Je n'aime pas ces farces, proteste Anne Tremblay. C'est plus facile de faire des farces que d'administrer un pays.

— Si l'horloge est en retard, ajustons-la, dit Philippe.

— *Acabris! Acabras! Acabram!*
Canot, accoste la grande aiguille.

Le canot se range contre l'immense cadran. Philippe, Anne Tremblay, le gros Petit et le grand Chaput se lèvent debout, se placent par ordre de taille et, ensemble, ils poussent la longue aiguille pour mettre Ottawa à l'heure juste.

Le jour se change en nuit. Les navigateurs du canot magique s'empressent de repartir dans un ciel rempli de nuages grisâtres. Les routes désertes se coupent en un damier de verdure. Dans les maisons de ferme, on semble déja dormir.

Oui-non remarque cependant une voiture immobilisée, le capot levé. Un peu plus loin, un homme marche sur la route. Les maisons sont situées à une assez bonne distance. Est-ce le conducteur de la voiture en panne? Pas d'autres êtres vivants. Les vaches, près des arbres, ont l'air de dormir debout.

— Regardez, dit enfin Oui-non en indiquant du doigt: quelqu'un qui a besoin d'aide.

Peut-être qu'il fait juste une promenade pour sa santé.

— Attachez vos ceintures, on descend! dit Philippe. De grands pins bordent la route. L'homme qui maugréait doucement, s'étonne de voir surgir cinq adolescents. Estomaqués, ils reconnaissent l'homme seul:

— Monsieur le Premier ministre!

— Bonsoir, mes bons amis.

— Euh... Monsieur le Premier ministre, voulez-vous inscrire votre autographe dans mon carnet? demande Philippe.

Le Premier ministre, écrit son nom en pesant très énergiquement sur le stylo.

— Ce n'était pas dans mon programme de vous rencontrer aujourd'hui, dit le diplomate Petit.

— Aux nouvelles de la télévision, est-ce qu'on va vous voir, monsieur le Premier ministre, perdu comme ça en pleine campagne? demande Anne Tremblay.

— Oh non... Parfois j'ai besoin, comme vous, d'une petite vacance: loin des politiciens, des journalistes et des agents de sécurité. Alors je m'évade. Je disparais incognito dans la campagne. Ne racontez pas ce qui m'est arrivé. L'opposition se moquerait de moi pour toujours. Moi qui planifie l'avenir du pays, j'ai oublié de vérifier le niveau d'essence. Je suis en panne sèche.

— Louis XIV, Bismark, Alexandre et Solon n'ont jamais vérifié leur niveau d'essence et ils sont des grands hommes politiques, assure Philippe.

— Tu es trop gentil, mon garçon... je me méfierais d'un ministre trop gentil... Je dois être de retour à Ottawa très bientôt; j'ai une réunion importante.

— Peut-être pourrait-on vous aider, monsieur le Premier...

Sèchement, avec l'air d'un chat qui montre tout à coup ses griffes, Philippe coupe la parole à Anne Tremblay:

— Excusez-nous, monsieur le Premier ministre...

Philippe attire ses compagnons à l'écart:

— Notre canot volant est un secret qui nous appartient, chuchote-t-il.

— Notre Premier ministre connaît toutes les armes secrètes militaires. Il ne sera pas beaucoup dérangé par notre canot d'écorce, dit Anne Tremblay.

Philippe se retourne vers le chef d'État:

— Monsieur le Premier ministre, nous pouvons vous offrir une promenade en canot.

— En canot! s'étonne-t-il.

— J'ai dans mon sac des pains et des saucisses, dit le gros Petit. Nous pourrions manger quelques hot dogs.

Le soleil roule au bout du champ de tomates. Le gros Petit a allumé son feu près de la route. Les éclats de bois sec craquent. Piquées sur des branches, les saucisses crépitent. Les pains deviennent dorés. Le Premier ministre tourne sa saucisse à la manière d'un chef royal:

— Le Canada est un immense territoire, déclare-t-il, et nous sommes peu de Canadiens à l'habiter. Quand le gouvernement prend une décision qui plaît à l'Est, elle déplaît à l'Ouest. Quand le Sud est content, le Nord est triste. Il faudrait avoir des yeux assez puissants pour voir le Canada tout entier. Malheureusement, nos yeux ne voient que ce qui est autour de nous, tout près... Petit — c'est votre nom? —

passez-moi la moutarde. Merci... Mes amis, si vous étiez ministres dans mon cabinet, que voudriez-vous me voir inscrire dans mon programme politique?

— C'est simple, répond Anne Tremblay. On veut un pays sans pollution.

— Sans menace nucléaire!

— Sans guerre!

— Sans pauvreté!

— Sans chômage!

— Sans inégalité sociale!

— Sans déficit budgétaire!

— Sans faim!

— Sans ignorance!

— Sans maladie!

— Sans personne qui soit sans abri!

— Vous êtes les meilleurs politiciens au monde, assure le Premier ministre.

Puis il entreprend de manger son hot dog en silence. Nos amis, comme lui, sont assis autour du feu et mâchent sans parler. Les flammes leur rougeoient le visage.

— Pour réaliser votre programme, je vais avoir besoin de vous. Je vous nomme mes

ministres très spéciaux... Je suis en retard...
Ottawa m'attend.

Ils piétinent leur feu pour éteindre toute
étincelle. La nuit a maintenant installé sa tente
bleue au-dessus de la terre.

— Monsieur le Premier ministre, faites con-
fiance à la jeunesse, dit Anne Tremblay.

Devant le parlement, sur la colline
d'Ottawa, sous la tour de l'horloge, un gendarme de la police montée fait le guet. Sous
son chapeau pointu, sanglé dans son uniforme
rouge, il est droit comme un «i» et sérieux
comme un pape. Soudain un canot atterrit sur
le gazon, à ses pieds. Il en voit descendre le
Premier ministre qui serre la main des autres
passagers:

— Bon voyage, mes amis, et merci!

Le Premier ministre se tourne vers le gendarme.

— Dites-moi, avez-vous vu un canot?

— Oui, monsieur le Premier ministre.

— Y a-t-il une rivière devant le Parlement?

Le gendarme regarde le canot s'en aller doucement sur le gazon.

— À ma connaissance, y'a pas de rivière devant le Parlement, monsieur le Premier ministre. Je vais demander à mon chef. Il est très connaissant, mon chef.

L'heure est plutôt tardive quand Philippe Doré, sur la pointe des pieds, s'avance dans le salon familial. Son père lit le journal. Sa mère regarde la télévision. Philippe sait qu'une avalanche de reproches va s'abattre sur lui: «D'où viens-tu?» «Où étais-tu?» «As-tu oublié l'heure?» Il attend, inquiet, la catastrophe inévitable.

Rien n'arrive, sauf la voix de sa mère, plutôt douce:

— Philippe, je vais partir en vacances. Nous allons visiter Charlevoix à bicyclette, ton frère, ta sœur et moi... J'ai besoin d'un peu de distraction. L'accident de ton père m'a donné du souci. Les collines de Charlevoix vont me redonner la paix, la tranquillité.

Philippe n'est donc pas invité à cette expédition... Il se sent un peu mis à l'écart... Mais tant mieux. La bicyclette n'a aucun intérêt

pour lui. Pourquoi s'épuiser à faire avancer
deux roues quand on peut visiter le monde à
la manière d'un oiseau?

Chapitre VII

Sa mère, son frère et sa sœur partis dans les collines vertes de Charlevoix, Philippe est prisonnier, chez lui. Sous la chaleur, il fond comme du chocolat. Son père n'a pas besoin de lui: il prépare la vinaigrette, il fait mariner la viande dans un mélange de vin et d'herbes aromatisées. C'est plutôt son père qui s'occupe de Philippe. Il est même réceptionniste au téléphone. On appelle Philippe cent fois par jour: «Quand est-ce qu'on part en voyage?»

Quelques jours plus tard, son père semble avoir compris le malaise de Philippe:

— Il y a longtemps qu'on n'a rien fait ensemble, toi et moi, dit-il. Pourquoi est-ce qu'on n'irait pas au restaurant tous les deux? C'est toi qui conduis la voiture!

Le restaurant est chic. La clientèle aussi: cravate et veston, robe et colliers. Philippe aperçoit dans un coin un ministre de quelque chose. Un homme très grand vient vers son père. Philippe reconnaît l'auteur des *Plouffe,* le romancier Roger Lemelin. L'écrivain annonce:

— Ton candélabre de cathédrale, je suis toujours intéressé à l'avoir pour le pendre au-dessus de ma table d'écriture. Je vais te l'échanger contre quelques bouteilles de Vosne-Romanée que j'ai dans mon coffre-fort...

— Mon candélabre... oui... laisse-moi goûter à ton vin d'abord.

Le repas est agréable. Philippe est un peu tendu cependant. Il s'applique à tenir son corps droit. Il s'efforce de ne pas éclabousser la nappe avec la sauce. Son père parle comme il n'a jamais parlé à la maison:

— Philippe, tu es très chanceux, privilégié. Tu peux faire ce que tu veux de ton avenir. Beaucoup de jeunes dans le monde...

Philippe n'a pas envie d'écouter ce genre de discours. L'avenir est encore loin:

— Philippe, une personne ne change pas beaucoup... Ce que tu es aujourd'hui, tu le seras plus tard.

— Papa, si je partais trois ou quatre jours avec mes amis, tu pourrais te reposer vraiment.

— Je t'ai vu feuilleter des livres dernièrement. Tu t'intéresses à l'Ouest du Canada?

— C'est important l'Ouest.

— Si je pouvais t'offrir ce luxe, je t'enverrais voyager. Quand j'étais étudiant à l'université, je suis allé près de Peterborough, en Ontario. Sur une grande dalle, on peut voir plus de 300 pétroglyphes. Ce sont des signes que les Indiens nous ont laissés. Je m'en souviens encore: un homme qui a un œil plus gros que la tête, un autre qui a un soleil au lieu d'une tête, un autre qui a des ailes. Ces dessins-là ont été faits peut-être 1 500 ans av. J.C... Près de Sault-Sainte-Marie, au bout de l'Ontario, dans la forêt, sur une falaise, un guerrier ojibway a peint, il y a 200 ans, une espèce de serpent à pattes. As-tu déjà entendu parler de Misshibezhieu? C'est le nom du serpent... Philippe, le monde est si intéressant! Même si tu ne vas pas loin, ouvre les yeux. Essaie de tout voir. Tu sais, Philippe, on peut même faire un grand voyage, sans quitter sa chambre, si on a un brin d'imagination.

Le lendemain, Anne Tremblay, Oui-non, Chaput et Petit trouvent un message: «Dans deux jours: MANITOBA, etc. Visite à la bibliothèque obligatoire. Apportez ce qu'il faut pour camper.» Signé: le capitaine Philippe Doré.

Chargé de havresacs, de provisions et de tentes, le canot emporte très haut un joyeux équipage qui se sent comme des poissons dans l'eau.

— Dans les plaines du Manitoba, qu'est-ce qu'on peut trouver, se plaint Chaput, à part du blé et des mulots? J'aurais mieux aimé aller au Pérou.

— Si mon père était ici, dit Philippe, il ferait une blague; il dirait: «Les Prairies, c'est pas le Pérou?»

— C'est une blague, ça? demande Chaput.

— Si on regarde bien, dit Philippe, tout est intéressant. Dans un simple caillou il y a de la matière pour un roman de mille pages...

— Note ton idée dans ton carnet bleu, Philippe, suggère Anne Tremblay.

— Écoutez ce que j'ai trouvé dans *Vidéo-Presse*... dit le gros Petit: «Le centre géographique de l'Amérique du Nord se situe juste à la limite sud du Manitoba.»

— Allons au centre de l'Amérique du Nord! propose Anne Tremblay.

Philippe acquiesce. Le canot oblique vers le sud. Le gros Petit, penché sur son magazine poursuit sa lecture: «Le Manitoba était d'abord occupé par les Amérindiens et au nord, dans la toundra, par les Inuit. Attirés par le commerce de la fourrure, les Anglais et les Danois sont venus par le nord. Les Français sont arrivés par le sud. La Vérendrye a bâti un fort au confluent de la rivière Rouge et de la rivière Assiniboine. C'est le site actuel de Winnipeg. Quand les colons irlandais et écossais sont arrivés en 1812, avec l'intention de développer l'agriculture, ils ont rencontré une violente opposition: les Métis craignaient que l'agriculture ne mette fin à la chasse aux bisons. Contre les Métis et Louis Riel, leur chef, on a utilisé toutes les formes de répres-

sion: incendies, pillage, menaces, emprison-
nement. L'opposition vaincue, le Manitoba est
devenu une province canadienne en 1870.

— Bon, c'est assez d'école pour moi aujourd'hui, interrompt Chaput. On est en
vacances. Je voudrais un peu d'action.

— Je viens de repérer un parc. D'après ma
carte, ça serait logique que ce soit le centre
de l'Amérique du Nord, déduit Philippe. Je
propose qu'on reste une minute en l'air, sans
bouger, juste pour le plaisir d'être au-dessus
du centre de l'Amérique.

— Vous appelez ça de l'action, vous autres:
rester au-dessus du Manitoba sans bouger, ironise Chaput.

— Si on reste comme ça sans bouger,
immobiles dans le ciel, remarque Anne Tremblay, on n'est déjà plus au centre de l'Amérique. La terre tourne. Si on veut rester au
centre du continent, il faut bouger avec le continent...

— Allons à Winnipeg!

La terre, à peine vallonnée, s'étend, presque sans arbres. Ici et là aussi, des villages

éparpillés. À la proue, se profilent les quelques immeubles en hauteur de Winnipeg.

La rivière Rouge rencontre ici la rivière Assiniboine. De multiples chemins de fer partent du centre de la ville et s'allongent dans toutes les directions. Les rues extraordinairement larges sont désertes. Plusieurs parcs forment des carreaux verts. Dans de très grands parkings gris, étincellent des rangées de camions.

Avec ses gares de triage, ses camions, ses avions, Winnipeg semble obsédée par le transport. Le Manitoba, on le voit sur la carte, est une charnière entre l'ouest et l'est du Canada..

Les rues et les avenues de Winnipeg se croisent à angle droit. Même les deux rivières se conforment à ce dessin. L'architecture est impeccablement fonctionnelle. Il fait froid, l'hiver, à Winnipeg. Les constructeurs ont voulu protéger les piétons. Ils ont érigé, d'un immeuble à l'autre, des passerelles vitrées. Désertant les rues, les piétons s'y empressent.

— C'était Winnipeg, dit Philippe.

En bas, sous le canot, très loin, de grands champs plats et verts succèdent à d'autres grands champs plats et verts. Quelques maisons disséminées. Parfois le champ est jaune soleil: des tournesols sans doute.

Chaput a les deux oreilles scellées par les écouteurs de son radio-baladeur.

— T'aimes pas ce voyage, Chaput?

Anne Tremblay a crié pour se faire entendre. Chaput soulève ses écouteurs.

— J'écoutais deux hommes discuter de ce qui va arriver au Manitoba si la terre redevient un désert, à cause de l'effet de serre...

— C'est pas aujourd'hui qu'on va voir des chameaux au Manitoba, prophétise le gros Petit.

Le canot file. Le ciel, imitant la terre, ressemble à une infinie prairie.

— Regardez à tribord, dit Philippe, une grande tache brune: c'est du sable.

— C'est le désert!

À environ 160 km de Winnipeg, cet endroit s'appelle les Buttes chauves.

— Je me rappelle! s'enthousiasme Chaput... Dans l'ancien temps, le Manitoba, la

Saskatchewan et l'Alberta étaient recouverts de glace. Puis les glaciers ont fondu. L'air s'est réchauffé. Les glaciers ont produit assez d'eau pour créer une mer. Les lacs et les rivières des Prairies sont des vestiges de cette mer qui s'appelait Agaziz, je m'en souviens... La bibliothécaire en chef m'aime bien... Je vais retourner lire...

Et il polit ses bottes.

— Si c'est le seul désert au Canada, on devrait atterrir, dit Philippe.

Le canot pique du nez vers les Buttes chauves. Les matelots de l'air s'agrippent. La descente est verticale. Le cœur leur monte à la gorge. Puis le canot se fait moins impétueux et, tout légèrement, il écrase les broussailles sèches du désert de Carberry. Du pied, les amis touchent le sable avec précaution, émus et déçus à la fois.

— Ce n'est que du sable, constate Chaput.

— Peut-être qu'il y a des lions, dit Oui-non, à moins qu'il y en ait pas...

Le gros Petit, à genoux, ramasse du sable qu'il met dans ses poches:

— C'est pour la bibliothécaire en chef. Le sable du désert du Manitoba, elle a jamais vu ça!

— Moi, je lui apporterai rien d'autre que du poil de serpent à sonnette! dit Chaput.

Le canot repart. Le ciel , vers le nord, est noir. Le gros Petit est plongé dans la lecture de son *Vidéo-Presse*:

— Je pensais qu'il y avait seulement des plaines et du blé au Manitoba; il y a 38 504 lacs!

— Le gros Petit déborde de connaissances, persifle Chaput.

Le canot file vers l'horizon assombri. Il voudrait mieux ne pas s'enfoncer dans la fumée, mais la contourner si possible. Le canot oblique à l'est.

— «On fait de l'élevage au Manitoba, lit le gros Petit. On peut compter une tête d'animal par tête d'habitant.»

— Je me demande laquelle des deux têtes a le droit de vote aux élections, ironise Philippe...

Au-dessus du lac Winnipeg, ils descendent sur l'eau pour ne pas être repérés. Beaucoup d'avions circulent dans cette zone. Les pilotes seraient surpris de voir un canot voler dans leur territoire.

— 17 000 personnes ont dû fuir devant le feu, annonce Chaput qui a remis ses écouteurs.

Les avions Hercule de l'armée ressemblent à des éléphants volants!

Montant vers le nord, le canot effleure à peine la surface de l'eau pour donner l'illusion qu'il flotte. Souvent, un canard surpris s'envole en claquant des ailes. Les avions se multiplient: ils sont maintenant de toutes tailles et de tous modèles. Le ciel est animé d'un va-et-vient frénétique.

— ... 810 000 hectares de forêt sont en feu, précise le grand Chaput devenu reporter.

— Ça fait combien d'arbres? blague le gros Petit.

Il faut combien de temps pour refaire un arbre? Pour refaire une forêt?

De plus en plus précisément, le barrage de

fumée se dresse, entre le ciel et la forêt, à perte
de vue.

Selon la radio de Chaput, des milliers
d'hommes combattent les flammes. Plusieurs
villages indiens ont été évacués. Les hommes
sont restés pour lutter; les femmes et les
enfants ont été emmenés. Les avions trans-
portent des bulldozers, des hélicoptères. Des
avions-citernes, comme de gros oiseaux pêcheurs, plongent dans le lac, remontent aus-
sitôt; le ventre chargé de milliers de litres
d'eau, ils retournent vers l'incendie. À une
centaine de kilomètres du feu, on l'entend déjà
gronder dans les branches. On perçoit une
odeur de sève brûlée.

— Les amis, dit Philippe, on va sauter par-
dessus le barrage de fumée pour aller visiter
les baleines.

— Y'a pas de baleine au Manitoba! assure
Chaput.

Soudain, un avion-citerne fonce vers le lac
où il s'aplatit dans une forte éclaboussure.
L'avion flotte, les hélices tournent, mais il ne

reprend pas son envol. Est-il en panne? S'il reste là, il va couler. Un envol d'oies passent sans être dérangées par ce problème.

— Qu'est-ce qu'on fait? s'inquiète Oui-non. Peut-être qu'on est mieux de ne rien faire.

— Faut toujours faire quelque chose, dit Anne Tremblay.

— Approchons-nous.

L'avion s'enfonce lentement. Le canot se colle contre l'avion.

— Regardons à l'intérieur.

— Chaput, dit Anne Tremblay, va voir.

Le grand Chaput bondit sur ses longues jambes et grimpe les échelons de métal jusqu'à ce qu'il puisse voir à l'intérieur.

Le pilote a l'air endormi, mais il a les yeux ouverts. La bouche aussi.

— Ouvre la porte, ordonne le capitaine Philippe.

Désespérément, nerveusement, Chaput pousse ici, tire là, donne un coup de poing ici, un coup d'épaule là. Tout à coup, la porte s'ouvre.

— Au secours! chuchote le pilote.

— Je vais vous amener à l'hôpital...

Déjà transformé comme s'il était devenu
un héros, Chaput plie son long corps, entre
dans l'avion, et referme la porte. Les hélices
tournent avec plus de force. L'avion glisse
lourdement comme un bateau trop chargé. Sa
vitesse augmente; il gronde plus fort, flotte
plus légèrement, s'arrache à l'eau du lac et
remonte avec puissance.

Les canotiers n'en croient pas leurs yeux.
Chaput, leur grand Chaput, pilote d'avion!
Au lieu des écouteurs de son radio-baladeur,
il a sur les oreilles les écouteurs du pilote.

Dans la carlingue, le pilote paralysé se tient
immobile comme s'il était de bois. Il a le
visage couvert de sueur. D'une tour de contrôle, très précisément, l'on dit à Chaput quel
interrupteur ouvrir ou fermer, quel levier tirer,
quel bouton tourner.

L'avion-citerne vole maintenant très haut.
Le canot l'accompagne comme un de ces
petits poissons qui suivent la baleine dans son
sillage. Chaput ne daigne pas tourner la tête
vers ses amis. Il ne les connaît pas.

— Le troisième bouton, à ta main gauche...

Ainsi, en suivant les instructions de la tour de contrôle, le grand Chaput atterrit en douceur à l'aéroport. Quand les roues touchent la piste, il a autant de sueur au front que le pilote souffrant. Une ambulance attend. Profitant de l'attention donnée au malade, les aventuriers remettent le cap sur le nord-est.

La forêt se fait moins dense, les arbres plus maigres, plus courts. Des orignaux broutent comme des chevaux dans un pré! Le sol devient plus plat. Bientôt, il n'y a plus d'arbres. La terre est désertique. C'est la toundra. Et encore plus loin, les navigateurs du canot volant aperçoivent les élévateurs à grain de Churchill, les bateaux entassés aux quais. Des trains glissent sur les rails. Les grues mécaniques s'empressent avec leur charge. Ici la saison de navigation ne dure que 12 semaines avant que la glace ne rétablisse son règne implacable.

Philippe évite la ville et file vers la mer. Des cargos partent chargés de blé; d'autres reviennent de ports lointains, remplir leur cale.

Philippe abaisse son canot jusqu'à la crête des vagues. Ainsi il avance doucement vers le large en faisant de grands cercles excentriques.

— Regardez bien! dit Philippe.

Soudain un jet d'eau jaillit derrière une vague.

— Allons-y!

Un béluga nage à la surface. Ils voient très bien son dos, comme une immense bille de bois. Le canot s'approche gentiment. Chaput enlève ses écouteurs. Il étend le bras et caresse le dessus de la tête que la baleine pousse un peu hors de l'eau. On dirait qu'elle aime sentir sa main.

Dans la baie d'Hudson, plutôt paisible, d'autres bélugas vont et viennent. Certains s'approchent du canot d'écorce. D'un coup de tête, ces élégants mastodontes pourraient le renverser. Heureusement, ils sont pacifiques. Ils nagent sans curiosité, indifférents.

Avec un bruit de cheval qui s'ébroue, un de ces bélugas s'élance comme s'il voulait devenir champion de vitesse. La baleine s'excite, tourne en cercle, plonge, réapparaît, bondit. Elle semble rire comme un gros bonhomme.

Tout à coup, elle disparaît dans une profonde plongée. Les matelots attendent son retour, les yeux rivés sur l'eau. Rien. La mer est calme, le canot à peine ballotté.

Philippe se rappelle des mémoires d'un vieux chasseur qu'il a lus. Selon le récit, les Amérindiens, qui étaient maîtres dans l'art de voyager en canot, étaient d'une extrême prudence. Ils craignaient l'eau et connaissaient le précaire équilibre de leur frêle embarcation. D'après le vieux chasseur, ils ne traversaient jamais un lac en canot; ils en suivaient plutôt le pourtour afin d'avoir toujours la rive à proximité. Seuls les Blancs traversaient un lac en son diamètre. De même, sur les fleuves, les Amérindiens tenaient leur canot le plus près possible de la rive. S'ils devaient passer devant les ennemis, ils camouflaient leur embarcation en arbustes flottants plutôt que d'aller au large.

La rive est très loin. On la distingue à peine, trait esquissé entre le ciel et la mer. Devant eux règne le nord. La lumière s'étiole, dessinant le profil de plusieurs cargos qui vont bientôt s'effacer.

Brusquement, le canot est soulevé. Une vague se gonfle, grossit, devient énorme et crève. Une explosion d'écume gicle de tous côtés. À la crête de la vague, pointe la tête ronde d'un béluga qui rit de toutes ses dents. Comme si l'animal grimpait à une échelle cachée dans la mer, ses épaules et sa poitrine (pour ainsi dire), puis son corps tout entier s'élèvent au-dessus de l'eau. La baleine, pour un instant, ressemble à une énorme et grosse ballerine faisant des pointes sur la mer. Puis elle se laisse tomber sur le dos dans une gigantesque éclaboussure. Le canot va chavirer. Les amis s'agrippent, contents de porter leur gilet de sauvetage.

— J'aurais jamais cru qu'il y a des baleines au Manitoba, conclut Chaput.

Le canot s'arrache à la mer. S'élevant à peine, frôlant les vagues, il retourne vers la rive. Philippe cherche une colline qui pourrait les abriter du vent. Le sol est dénudé, sans arbres. Il y a longtemps, les glaciers qui sont passés là ont aplani éminences et dépressions.

Des pierres, roulées par ces glaciers, ont été
abandonnées là. C'est près d'une de ces pierres que Philippe décide d'installer son cam-
pement. Les explorateurs déchargent bagages,
sacs, tentes, provisions.

Le sol est érodé. Les vents et l'eau ont râpé
la terre. Il ne reste que la vieille roche usée où
s'agrippent des arbustes secs et maigrichons.

— Vous avez vu les bleuets? demande le
gros Petit.

Les botanistes appellent cette baie camarine
noire. Elle pousse sur des genêts inermes qui
rampent. Les ours, paraît-il, recherchent ce
dessert délicat. Beaucoup d'oiseaux des bords
de la mer froide viennent aussi les becqueter:
des courlis à long bec qui ont l'air de toujours
pleurer, des bécasseaux qui sautillent sur leurs
jambes fines ou des phalaropes qui cachent
leurs œufs dans les cavités de la pierre.

Avec prudence, les aventuriers goûtent le
fruit. Les uns grimacent et recrachent les
camarines amères. Les autres avalent avec
curiosité, prudence et inquiétude.

— Montons les tentes, commande Philippe.

Chacun rêve de bientôt s'envelopper dans
la sienne comme dans une chrysalide avant de
papillonner dans la prairie des rêves. Il n'est
pas possible d'enfoncer les piquets. Le sol est
trop dur. On fait donc la cueillette de cailloux
et on y accroche les cordes de tension. Le vent
ne devrait pas être trop insistant.

Philippe croit dur comme fer que l'on doit
dormir la tête vers le nord. Il oriente sa tente
en conséquence et ses amis établissent la leur
en parallèle.

Celle d'Anne Tremblay est tendue au com-
pas. Celle de Philippe est ancrée comme s'il
se préparait à un ouragan. Celle du gros Petit
fait de l'embonpoint. Il y a rangé les provisions. Quant à Oui-non, il a choisi un emplacement à la gauche de Philippe, puis à sa
droite, puis à l'un des bouts de la rangée, puis
à l'autre bout; il a essayé de mettre la porte
vers le nord, puis vers le sud. Finalement, il
est revenu entre celle de Philippe et celle
d'Anne Tremblay.

— Il faudrait du bois pour faire le feu, dit
Chaput.

— On peut pas trouver de bois ici, y'a pas d'arbres, constate Anne Tremblay.

— Qu'est-ce qu'on va faire pour cuire le repas? dit le gros Petit.

— J'ai un réchaud au gaz, assure Philippe.

Le grand air a aiguisé les appétits. La soupe mijote dans une bonne odeur de légumes.

— Ça sent bon, Petit, mais t'as pas besoin de renifler comme un goinfre...

— Je renifle pas.

Un gros nez, pourtant, se remplit les narines de cet arôme invitant.

— Qui est-ce qui me pousse dans le dos? dit le gros Petit qui tient le sac de biscuits au chocolat.

— Y a-t-il des ours au Manitoba? demande Oui-non. Aïe, je vois un ours!

Le gros Petit essaie de cacher contre lui ses biscuits au chocolat; il les laisse tomber.

— Ours, mange-moi pas, bégaie Oui-non, je voudrais envoyer une carte postale à ma mère.

Ce n'est pas un ours mais deux. Les cris des adolescents restent bloqués dans leur poitrine. Qui pourrait venir à leur secours? Ils sont si

loin, au nord du Manitoba, dans un immense
territoire vide. Ils voudraient courir, mais où
se cacher? Le sol est plat. Les arbustes sont
rares. S'ils courent, ils peuvent rencontrer
d'autres ours.

Philippe se rappelle les récits du vieux
chasseur :

— Faisons les morts! ordonne Philippe.

Les amis s'écrasent par terre, retiennent leur
souffle. Les deux ours marchent par-dessus,
sans leur prêter la moindre attention.

Avoir sur soi une grosse patte munie de griffes aiguisées, un corps qui semble peser 1 600
kilos; une gueule avec des crocs capables de
mâcher du fer, n'est pas une expérience qui
laisse indifférent. La terreur de nos aventuriers est si grande qu'ils auraient assez de force
pour courir à 250 km/h. Cependant, ils ne
doivent bouger ni crier.

À petits pas, cahin-caha, les monstres velus
se dirigent vers la tente du gros Petit où sont
empilées les provisions. L'un d'eux repère
l'entrée et s'enfonce dans la tente comme dans
un chandail. Naturellement les cordes de tension lâchent. Alors c'est un beau fouillis. Dans

la tente, il se sent à l'étroit, coincé. À coups de griffes, il taillade le tissu en lambeaux. D'une patte experte, il déchire les sacs de provisions qui s'étalent. Les deux compères fouinent avec bonheur et ronronnent comme des chats.

Le temps est long lorsqu'on fait le mort. Le gros Petit, lui, n'a pas envie de faire le mort toute sa vie.

— On devrait se sauver dans le canot, chuchote-t-il.

— Fais le mort! commande Philippe.

Faisant le mort mais ouvrant l'œil, le gros Petit évalue la situation: les ours sont occupés à leur festin. C'est le bon temps! Le premier devoir d'un aventurier, estime-t-il, est de sauver sa peau et de récupérer ses biscuits au chocolat. Subitement, le mort joufflu se dresse. Il s'élance, attrappe en passant ses biscuits, court et saute dans le canot avec un soulagement extrême. Il est sauvé!

— *Acabris! Acabras! Acabram!* ordonne-t-il.

Canot, sauve-moi de ces ours abrutis...
Le canot ne bouge pas.

Du coin de l'œil, Philippe saisit la tragédie de la situation. Les ours s'approchent du canot. Y trouvant en plus un gros morceau de viande fraîche, les deux mammifères poilus aux dents étincelantes montent dans l'embarcation.

— Donne-leur tes biscuits, crie Philippe, et toi, canot, emporte ces deux nounours et le gros joufflu.

Le canot s'ébranle sans effort avec sa charge.

— Canot, avance au-dessus de la mer, commande Philippe. Un peu plus loin... Un peu plus loin... Excellent. Maintenant canot, écoute-moi, tourne à l'envers, sens dessus dessous, pour jeter les deux poilus... Petit, tiens très fort le siège! Accroche-toi comme à la barre horizontale du gymnase!

— Je peux pas me tenir à la barre au gymnase. Je glisse. Je suis trop pesant.

Les aventuriers surveillent l'opération. Le canot tourne à l'envers. Les deux grosses boules de fourrure sont éjectées dans la mer.

— Tiens-toi, champion, ou tu vas prendre un bain.

Le gros Petit pend à la barre transversale du canot, comme un gymnaste olympique. Il ne peut plus tenir. Il est trop lourd. Ses mains glissent. Il va tomber. Au gymnase de l'école, il tombe toujours de la barre horizontale. Ses mains s'ouvrent. Il va s'écraser dans la mer. Il tombe! tombe! Il va rejoindre les ours, gloutons comme lui.

— *Acabris!*

Va récupérer notre gros Petit.

Le canot se remet à l'endroit, esquisse une parfaite pirouette et attrape le gros mutin avant qu'il n'atteigne l'eau glacée.

Chapitre VIII

Maintenant le canot file à belle allure vers la Saskatchewan. Le ciel ressemble à la grande prairie au-dessous. Ici et là, des lacs miroitent dans les derniers rayons du jour. Ce sont des vestiges de l'ère glacière. Les forêts se confondent avec la nuit dans un paysage uniforme. Très loin, brille une ville. Il semble n'y en avoir pas d'autres sur la terre.

Le gros Petit a l'air piteux. Philippe ne lui a pourtant pas reproché sa bêtise. Personne ne parle. Les aventuriers ont le cœur affolé. Chacun sent encore la patte de l'ours posée sur son corps. Chacun sait qu'il pourrait ne plus être dans ce canot et que ses os pourraient être abandonnés sur les rives de la baie d'Hudson. Philippe griffonne dans le noir : « Tous les êtres vivants ont été créés par Dieu. Qui a créé la violence par laquelle ils se dévorent les uns les autres ? Est-ce la même violence qui pousse les humains à s'entre-tuer ? »

Anne Tremblay ressent encore le vertige de sa peur mais elle emprunte un air indifférent. Chaput ne se pardonne pas d'avoir pleuré quand ils essayaient d'imiter les morts. Oui-non pense que ses parents ont raison de dire souvent qu'ils n'auraient pas dû venir dans ce pays froid, mais il pense aussi qu'ils ne veulent pas retourner dans leur patrie. Quant au gros Petit, il déteste ces ours qui aiment les biscuits au chocolat.

Le canot glisse comme une ombre sur l'ombre. Le ciel de la Saskatchewan est pointillé d'étoiles. Hypnotisés par le fascinant mystère des milliers d'années recueillies en minuscules pointes de lumière, nos amis s'abandonnent à une tranquille rêverie puis, finalement, au sommeil.

Le canot dévore des centaines de kilomètres. Dans la nuit, cette terre inhabitée semble n'avoir pas encore été découverte.

Les enfants ne voient que leur rêve. Le passé est aussi un rêve. Les Amérindiens parcouraient ce territoire, y commerçaient, chassaient et guerroyaient, il y a 5 000 ans ou plus. Au cours de chasses fabuleuses, on y abattait des

centaines de bisons. On y capturait des troupeaux d'admirables chevaux sauvages.

Même s'il faisait jour, les aventuriers du
canot volant ne verraient rien de ce passé. Tout
disparaît, excepté ce que préserve le cœur des
humains.

Les adolescents dorment et le canot les
emporte jusqu'à un village au-dessus duquel
Philippe ouvre les yeux. Étonné de s'être
abandonné au sommeil, il ordonne au canot
d'atterrir.

Les matelots du ciel ouvrent les yeux, ahu-
ris, égarés dans l'obscurité. Ils sont incapables
d'apercevoir une seule étincelle de lumière
dans ce village muet où pas un chien ne jappe,
pas une voiture ne circule, pas un moteur ne
tourne, pas une radio ne bourdonne.

— Un vrai silence de moine, remarque
Chaput.

— S'il y avait un moine, dit Anne Tremblay,
on l'entendrait peut-être ronfler.

Les ours, heureusement, n'ont pas gobé
la lampe de poche d'Anne Tremblay. Elle

projette un rayon vers l'église; le cerle de lumière escalade le clocher, éclaire la croix et redescend. Les portes sont ouvertes. Étrange. La troupe s'y dirige. Anne ouvre la marche. C'est une église toute simple, en bois, peinte en blanc. Le livre des offices est sur le lutrin. La nappe recouvre l'autel. L'orgue, en arrière, n'a pas été refermé. Les touches attendent que les doigts d'un musicien insomniaque s'y posent.

À la maison voisine, la porte est ouverte. Des assiettes sont posées sur la table, des casseroles sur la cuisinière électrique. Les livres sont tassés dans la bibliothèque. Un journal jauni désuet est déplié près d'un fauteuil. Les lits, à l'étage, sont faits. Des vêtements sont pendus dans les placards.

Aucune voiture n'est garée. Les habitants se sont-ils volatilisés? Pas de chat. Pas de bicyclette oubliée sur les parterres. Le bureau de poste n'est pas fermé. Des lettres remplissent encore certains casiers. À la pharmacie, des flacons, des fioles, du sparadrap, des bouillottes, de la gaze, des cachets divers dans des boîtes colorées, sur les tablettes. Au magasin

général, il reste encore des céréales, des confitures, des produits de conserve. On refait
quelques provisions. Chaput repère des chan-
delles.

Que s'est-il passé ici? Les habitants semblent s'être absentés pour une heure. C'était
pourtant il y a plusieurs semaines de cela; la
poussière partout le dit. Ils ne sont pas revenus. Où sont-ils?

Il y a un hôtel, dit Anne Tremblay. Ins-
tallons-nous.

Un peu plus tard, installés chacun dans son
lit d'occasion, les canotiers du ciel dorment
dans une petite ville au sud de la Saskatchewan: une petite ville sans nom.

Après une nuit sans bruit, sans aboiement,
sans coquerico, sans coup de klaxon, sans
grondement de moteur, les voyageurs se retrouvent. Le long de la rue déserte, les maisonnettes blanches semblent encore dormir.
En retrait, on aperçoit de grands silos pour
le grain. Ce sont des sortes de cathédrales
trapues avec des murs nus, de minuscules

fenêtres espacées, et une élégance tout uti-
litaire.

Sur la grande table de la salle à dîner de
l'hôtel, les amis déballent leurs provisions.
Les couverts sont mis. On dirait que tout est
normal. Seul le personnel est en retard. La
poussière et les toiles d'araignées dans les
encoignures rappellent que personne n'est
venu ici depuis quelque temps.

— Une bombe atomique est peut-être tom-
bée sur ce village, dit Chaput.

— Tu devrais pas faire une blague avec ça,
tranche Anne Tremblay. Pour les gens qui les
ont reçues, les bombes étaient pas une blague.

— Sans la bombe atomique, raisonne Oui-
non, la guerre durerait peut-être encore...

— La meilleure invention est encore la paix,
assure Philippe.

— Y'avait toutes sortes de revues dans ma
chambre, rapporte le gros Petit. Sur une des
couvertures, une très ancienne, j'ai vu un vieil
avion en flammes qui tombait du ciel. J'ai
lu l'article. C'était au sujet d'un homme de
Winnipeg. Ils ont donné son nom à une école.
Un nom en *ski*. En tout cas, ils étaient cinq

camarades dans le bombardier, ils étaient partis faire la chasse aux Nazis. C'était pendant
la guerre contre Hitler. Leur bombardier était
chargé de bombes qu'ils voulaient jeter sur les
Nazis. Tout à coup les Nazis ont tiré sur eux.
L'avion a pris feu. Tout ça allait exploser dans
quelques secondes. Alors l'équipage a commencé à sauter en parachute. L'homme avec
le nom en *ski* se préparait à sauter. C'était son
tour. Il s'est aperçu qu'un de ses amis était
prisonnier des flammes dans la queue de
l'avion, avec l'essence et les bombes. L'avion
volait sans pilote, attaqué de tous côtés. Le
pilote avait sauté. L'homme avec le nom en
ski est allé libérer son copin. Mais son parachute et ses vêtements ont pris feu et il s'est
jeté dehors. Il a brûlé dans le ciel, comme une
boule de feu. L'avion s'est écrasé en flammes.
Le copain qui était prisonnier à l'intérieur s'en
est tiré sans blessure, miraculeusement. Avant
que l'avion explose, il a réussi à sortir des
débris. C'est lui qui a raconté plus tard comment son ami avec le nom en *ski* avait essayé
de le rescaper au lieu de sauter pour sauver
sa propre vie. Moi, si notre canot prenait en

flammes, je sauterais dehors sans penser aux autres, parce que je suis un égoïste. Je pense juste à moi.

— La plupart du temps, les héros ne savent pas qu'ils sont des héros, assure Philippe. Console-toi, Petit, tu es peut-être un héros sans le savoir.

— Écoutez ce que dit *Vidéo-Presse* : « La Saskatchewan est le pays du blé, le grenier du monde. La potasse de la Saskatchewan pourrait être répandue comme engrais sur toutes les terres arables du monde entier pendant des siècles sans l'épuiser complètement. La Saskatchewan produit aussi de l'hélium…

— Et de l'uranium !

— Et du petrolium !

— Et des petites pommes ! blague Anne Tremblay.

Les amis sont devenus bruyants. Leurs éclats de rire fusent de l'hôtel et se répandent dans le silence de la plaine qui ne se termine qu'à sa rencontre avec le ciel.

— What's happening here?

Un court petit bonhomme est planté dans la porte, sous sa casquette trop grande, aux

couleurs de l'équipe de baseball de Montréal.
Sa moustache est trop fine, ses pantalons sont
trop grands et bouchonnés.

— Who are you?

— On prend le petit déjeuner, explique Philippe, calmement, comme si tout était normal.

Ses amis répriment difficilement leur rire.
Le petit bonhomme a l'air vraiment comique.

— Vous parlez français. Moé itou. Je viens
de la Gaspésie, au Québec. Je m'appelle Bujold. J'ai laissé la Gaspésie pendant la «crise»
en 1929. J'sus jamais retourné. Voyez-vous,
dans ce temps-là, la Gaspésie était nourrie de
pauvreté. Je voulais sacrer mon camp de la
Gaspésie, mais j'avais pas une cenne. Plutôt
que de payer mon billet de train, j'ai sauté
dans le train avec d'autres confrères qui
avaient pas une cenne: des cochons. Oui, mes
amis, j'ai fait mon premier voyage avec des
cochons. La seule qualité qu'ils avaient, ils
venaient comme moé, de la Gaspésie!

Les aventuriers du canot volant s'esclaffent.
Après cette introduction, les amis veulent
écouter encore le vieux petit bonhomme, le
fantôme du village.

— Venez manger avec nous, monsieur Bujold.

— Dépêchez-vous à manger, et je vais vous montrer le pays.

Les adolescents suivent Bujold. Le savoureux petit bonhomme garde encore l'odeur de la mer de Gaspésie après avoir été exposé depuis 60 ans aux vents des Prairies.

— J'sus le seul à rester icitte. Tous les autres sont partis, excepté une personne de ma connaissance.

— Votre blonde! déduit Anne Tremblay.

Bujold a l'air surpris.

— Dans les Prairies, icitte, explique-t-il, les petits fermiers peuvent pas survivre. C'est comme les petits pêcheurs de la Gaspésie. Aujourd'hui, pour vivre, il faut être gros. Alors les petits fermiers vendent leurs fermes à de grosses compagnies. C'est ce qui est arrivé icitte. Une grosse compagnie a acheté toutes les terres. Elle a payé un gros prix. Tout le monde s'est senti riche. Tout le monde est parti ensemble. Moé j'sus resté... parce que

j'avais pas de terre à vendre... Si j'en avais eu
une, je l'aurais vendue comme les autres. La
plupart sont partis sans rien apporter avec
eux. Ils avaient tellement d'argent dans leurs
poches qu'ils pouvaient pas y mettre les
mains. Moé j'sus resté icitte, chez nous, en
Saskatchewan.

— Vous et votre blonde... précise Anne
Tremblay.

— Voyez-vous, les enfants, j'sus arrivé icitte
en sautant de train en train: Québec, Montréal, Kingston, Toronto, Winnipeg, Regina.
J'sus resté quelques jours dans toutes ces villes. Je trouvais un travail de misère puis,
quand j'en avais assez, j'attendais un autre
train et je sautais en m'accrochant comme je
le pouvais. Un soir, j'sus arrivé icitte, en Saskatchewan. À la gare, j'ai vu une belle fille.
Je lui ai demandé si y'avait de l'ouvrage dans
la place. Elle a dit qu'elle attendait son père.
Son père était sur le même train que moi, mais
lui, il avait payé son billet. Il m'a donné du
travail. J'sus tombé amoureux de sa fille. Le
père pouvait pas donner sa belle fille à un
bohème comme moé, qui sautait d'une misère

à l'autre. J'étais en amour, j'avais le feu à l'âme, je mens pas. La guerre a commencé. J'sus allé me battre en Europe. Quand j'sus revenu, la belle fille était pas encore mariée. Je sais pas si elle m'avait attendu... En tous les cas, son père pouvait pas me la donner à marier. J'avais pas d'éducation, pas un sou à la banque. À part de ça, j'étais catholique. Eux, ils venaient de la Suède et ils étaient protestants. En plus, j'étais canadien-français et eux ils étaient devenus anglais. Ces deux engeances-là pouvaient pas se marier dans le temps... Tenez, on arrive chez ma blonde, comme vous avez dit, mademoiselle. On va arroser ses fleurs.

Derrière une basse clôture blanche, décorée de touffes de fleurs colorées, s'élève une toute petite maison blanche. La porte s'ouvre. Une jolie vieille dame sort prudemment le nez, étonnée de voir son ami avec un groupe de jeunes.

— They are from Québec, like me: good stuff, dit-il... Elle comprend seulement l'anglais, explique-t-il. Comme on n'a pas réussi à se marier quand on était jeunes, on a décidé qu'on allait être ensemble au moins dans le cimetière. Venez, je vais vous montrer le cimetière.

Bouleversés par l'histoire de cet homme, avec des picotements aux yeux à cause des larmes retenues, les aventuriers suivent Bujold. Une très basse colline, un monticule s'élève de deux ou trois mètres au-dessus de la plaine.

— C'est icitte que je vais me faire enterrer. Et Ulla, ma blonde comme vous dites, va se faire enterrer là. Lisez les noms sur les pierres tombales. J'ai connu tout ce monde-là. Ils sont tous venus de l'étranger. La Saskatchewan a été faite avec des étrangers: les gens sont venus de la Suède, du Danemark, de l'Allemagne, de l'Ukraine. J'étais le seul Canadien français icitte, mais il y en a eu beaucoup qui sont venus avant moi en Saskatchewan. Y'en a qui se sont établis avec des Indiens, et leurs enfants sont devenus les Métis. Y'en a d'autres qui sont devenus fermiers et qui sont restés canadiens-français. C'est eux qui ont fait la première culture du blé.

Les Métis chassaient le bison. Y'avait des millions de bisons sauvages qui couraient dans la Saskatchewan. C'était l'époque où on tuait un bison quand on avait faim d'un morceau de viande. Y'avait des montagnes de squelettes de bisons. Savez-vous comment les vieux appellent encore Regina? Pile O'Bones. Ça veut dire Tas d'os. La ville a commencé avec une montagne d'os et quelques tentes de chasseurs.

Un jour, les Métis ont appris que leur territoire allait être acheté par le Canada. Ils se sont révoltés.

Riel, leur chef, a été pendu. Ah, y'en aurait à dire, les enfants... il a été pendu pour trahison. S'il avait trahi, il avait pas trahi ses gens en tout cas. Une fois, j'sus allé voir, au musée à Regina, un bout de la corde qui l'a pendu. Ça, mes enfants, c'est la vie.

Le vieil homme a un peu de malice dans les yeux. Il est fier d'avoir impressionné ces enfants. Muets, séduits, ils ont envie de ne pas aller plus loin, de rester dans ce village sans nom.

«Quand on aime, il faut partir», a dit un grand poète. Les enfants ont quitté le vieil homme et ses histoires. Leur canot, maintenant, passe au-dessus de Regina, la capitale de la Saskatchewan. Son majestueux parlement s'élève dans un jardin fleuri, le fameux parc Wascana qu'on a créé autour d'un lac artificiel. L'édifice blanc là-bas: c'est l'hôtel de ville. Là, ce sont les immeubles épars de l'université. Les larges avenues mènent la ville jusque dans la plaine grisâtre et dorée.

— Cap sur l'Alberta!

— On n'a encore rien vu de la Saskatchewan, se plaint Oui-non.

— Si tu aimes ça, tu reviendras, dit Chaput.

— Écoutez, les amis, ce que j'ai trouvé dans *Vidéo-Presse,* dit le gros Petit: «Les trafiquants de fourrure ont causé beaucoup de mal aux Métis et aux Indiens. Voici une recette de boisson vendue à prix excessif: 'Prenez une pinte de whisky frelaté. Ajoutez-y une livre de tabac à chiquer, une poignée de poivre, une bouteille de gingembre de la Jamaïque, une pinte de mélasse et, pour la couleur, quelques gouttes d'encre rouge.'»

— Dégueulasse, juge Chaput.

Loin sous le canot, la terre est comme un plancher, sans fin, à perte de vue: uniforme, mais avec des nuances de lumière, à cause du blé qui ondoie sous le vent. Le paysage serait monotone s'il ne devenait hypnotisant. Ces champs infinis, ces maisons isolées près d'un silo, à chaque coin d'un domaine immense, offrent à l'œil une étrange beauté.

Cette étendue de terre si plate donne aux voyageurs une sorte de vertige. Est-ce à cause de l'absence d'arbres et de forêts?...

Ils suivent maintenant la rivière Saskatche-wan-sud. C'est étrange de voir une si longue rivière, presque immobile entre les rives d'une terre si égale. Plus loin, elle est bloquée par un barrage. C'est le barrage Diefenbaker, nommé en souvenir d'un fils de la Saskatche-wan qui a été Premier ministre du Canada. «Au Canada, un fils de paysan pauvre, né dans une maison de bois, au milieu des Prai-ries, peut devenir le Premier ministre...» note Philippe dans son carnet.

Près de Swift Current, l'eau du lac Petit Manitou contient autant de minéraux que celle de la mer Morte, en Israël.

Les baigneurs, un peu vieux, un peu chauves, un peu rhumatisants, sont étonnés de voir arriver sur le lac un canot qui semble venir des airs. De l'embarcation plongent un groupe d'adolescents qui pataugent d'une manière bruyante dans l'eau miraculeuse. Ils repartent comme ils sont venus. Sont-ils des extra-terrestres? Les vieux baigneurs n'en croient pas leurs yeux.

— Toujours vers l'Alberta! proclame Philippe.

Le canot atteint bientôt Cypress Hills (les collines aux cyprès).

C'est le point le plus élevé du Canada, entre les Rocheuses et le Labrador.

Parmi les cèdres, bondissent ici et là un cerf à la queue blanche, un wapiti, une antilope.

— Voyez-vous là-bas? C'est un fort, indique Anne Tremblay.

C'est le fort Walsh construit en 1875 par la police montée. Après avoir massacré le régiment de Custer qui les pourchassait, les Sioux et leur chef Sitting Bull, s'enfuirent de Little Bighorn dans le Montana, et se réfugièrent au Canada, dans les Cypress Hills.

De leur canot volant, nos amis regardent la terre où il y a un siècle à peine, les Sioux exilés ont souffert, se sont inquiétés pour l'avenir de leur territoire, l'avenir de leurs enfants, l'avenir de leur peuple. Ils n'ont laissé aucune trace. On ne peut entendre aucune plainte. Leur douleur même s'est évanouie.

Sur cette terre de chasse, de combats, de conquêtes et de défaites, sur cette terre où bêtes et humains ont disparu, rien ne semble avoir eu lieu.

Chapitre IX

Le ciel s'étend à perte de vue, sans autre obstacle, au bout de la prairie, que la ligne d'horizon impeccablement droite. Sous le canot volant, les Cypress Hills vallonnent gentiment dans leur rondeur figée. Malgré des éclaboussures de plantes parsemées ici et là, le sol est dénudé, gris ou brun, selon les jeux d'ombres. L'uniforme tranquillité du paysage provoque un désir de somnolence. Ce n'est pas de l'ennui, mais une sorte d'enchantement.

— Philippe, réveille-toi! supplie Anne Tremblay.

— Je dors pas, corrige le capitaine, je pense.

— Il fait de la poésie, ironise Chaput. C'est pas difficile. Écoutez:

Rame Rame
Abraham!
V'là un hippopotame
Avec des dents qui font tam-tam.

Il faut qu'on l'entame
Avant d'arriver à Amsterdam!

— Si vous me demandez de la poésie, récite
Oui-non,

En ourdon ou en hindi
Je vais vous dire: oui
Ou peut-être non.
Je suis un champion
Pour faire rimer les noms
En me frappant le bedon!

Tout à la joie de blaguer avec les mots,
les aventuriers remarquent, au milieu d'un
paysage majestueusement terne, une oasis
de verdure dans un coude de la rivière Saskatchewan-sud. Les arbres se penchent sur les
rues et au-dessus des maisons. Les deux clochers pointus de l'église émergent de ce bos-
quet domestiqué. Les habitants de cette vallée
semblent vouloir oublier qu'ils habitent la
prairie. Ils ont voilé d'arbres et de parcs cet
espace nu.

— Descendons, décide Philippe.

— On pourra avaler une bouchée, dit le
gros Petit.

Où poser le canot sans se faire remarquer? Philippe pourrait le camoufler parmi les épinettes. Ne serait-ce pas amusant d'atterrir dans le parking d'un restaurant? De prendre sa place comme une voiture normale? Son canot, très doucement, se pose avec précaution entre deux voitures.

Une fillette sort du restaurant avec sa mère qui la tient par la main.

— As-tu vu, maman, le canot qui est descendu du ciel?

— Mais oui, mais oui, j'ai vu. Un canot est juste un canot, ma fille. Viens, on rentre regarder la télévision.

Au restaurant, où chacun mange et semble éviter de parler, nos joyeux boucaniers parlent peut-être un peu trop fort. Tout autour, des regards se posent sur eux. Un homme aux lunettes rondes, qui porte des shorts, des souliers de sport avec cravate et veston, mange à la table voisine, sans avoir enlevé son grand chapeau de cow-boy. Plusieurs livres sont empilés devant lui. Il mange un peu et il lit beaucoup. Sans détour, il s'adresse à nos joyeux lurons:

— Vous n'êtes pas d'ici? Ça s'entend! Vous ignorez, évidemment, d'où vient Medecine Hat, le nom de notre ville? Naturellement. Je vais vous raconter. Il y a des années, avant les Blancs, l'Alberta était habitée par les Indiens. Totalement. Le nord était le territoire des Cris. Aujourd'hui, on trouve là la ville d'Edmonton. Parfaitement. Le sud était le territoire des Pieds-Noirs. Aujourd'hui, on trouve là la ville de Calgary. Précisément. Ces Indiens se faisaient la guerre. Constamment. Un jour un chaman — c'est un docteur indien un peu sorcier — un chaman cri a été coincé dans une guerre entre les Cris et les Pieds-Noirs. Alors il a décidé de s'enfuir. Assurément. Il a plongé dans la rivière Saskatchewan-sud. Il a perdu son chapeau. C'était il y a très longtemps mais on ne l'a pas oublié. La morale de l'histoire est que, si en Alberta on perd son chapeau, on en parlera longtemps. Éternellement. C'est la raison, mes amis, pour laquelle, en Alberta, les gens gardent toujours leur chapeau sur la tête. Même pour dormir. Exactement. Vous êtes déjà venus en Alberta?

— C'est la première fois, dit Anne Tremblay.

— Évidemment. L'Alberta est riche! Mons-
trueusement. C'est le seul endroit sur la terre
où je peux vivre. Partout ailleurs j'ai peur de
manquer d'essence. Étrangement. Nos troupeaux bovins — 3 000 017 têtes exactement —
produisent la meilleure viande au monde.
C'est reconnu. Mondialement. L'Alberta est
une sorte de paradis bâti au-dessus du feu de
l'enfer. Exactement.

— Le feu de l'enfer? s'inquiète Chaput.

— Les enfants, vous connaissez le grand
écrivain Rudyard Kipling? Naturellement.
C'est lui qui a trouvé cette expression. Il
voulait parler du gaz naturel. Logiquement.
L'Alberta conserve dans son sous-sol 40 bil-
lions de pieds cubes de gaz naturel. On peut
y cuire plusieurs omelettes, n'est-ce pas, les
enfants? C'est ici, à Medecine Hat, qu'on a
découvert le gaz naturel, en 1904. Justement.
On a aussi du charbon. Abondamment. Puis
on a du pétrole. En supplément. Aujourd'hui,
on peut voir en Alberta 10 828 puits de
pétrole... Vous voyez, avec tout ce gaz, ce

pétrole, ce charbon dans son sous-sol, l'Alberta est construite sur le feu du diable. Mathématiquement. Kipling avait raison. Les enfants, en 1948, le puits n° 3 a explosé. Pendant six mois, des millions de gallons de pétrole brut se sont répandus dans la prairie. Le feu a pris. Pour étouffer le sinistre, on a répandu 20 000 sacs de ciment, 16 000 sacs de sciure de bois, 1 000 sacs d'écorce, huit wagons de fibre de bois et deux wagons de plumes de dindes... et deux jaunes d'œufs... Le feu de l'enfer! Rien de moins. Épouvantablement.

— Pourquoi toutes ces richesses sont-elles en Alberta, et non pas ailleurs? demande le gros Petit.

— Il faut des millions d'années pour produire un kilo de charbon, un litre de gaz ou de pétrole. Vraiment. Cette énergie provient des forêts et des mers préhistoriques. Elle est faite des arbres, des poissons, des plantes, des trilobites, des dinosaures, des algues, du plancton, qui vivaient il y a des millions d'années. Merveilleusement. En Alberta, toutes sortes de bouleversements géologiques et

climatiques se sont produits. Tragiquement.
Des milliards d'organismes vivants ont été
enterrés il y a 250 millions d'années, ils se sont
décomposés, ils se sont transformés en gaz,
en charbon ou en huile. Totalement. Des créa-
tures qui vivaient il y a des millions d'années,
ont permis à votre véhicule de vous conduire
en Alberta.

— On marche à l'huile de dinosaure! constate le gros Petit.

— Si vous vous intéressez aux dinosaures,
vous devriez aller dans les Badlands...

— Les Badlands? Les mauvaises terres? Où
est-ce? demande Anne Tremblay.

— Par là, indique l'homme. Bon voyage!
Amusez-vous prudemment. Au nord! À l'est
de Calgary!

Attifé de ses souliers de sport, de ses shorts,
de sa cravate, de son veston et de son chapeau
de cow-boy, le curieux homme se dirige vers
sa voiture-coccinelle. Il s'y assied en saluant
de la main comme un dignitaire international.
Il va partir... Non, il ne démarre pas. Qu'est-
ce qu'il attend? Rien ne bouge. A-t-il décidé
de passer l'après-midi dans sa voiture? Quel

excentrique! Il s'agite dans sa voiture. Il grimace.

La porte de sa coccinelle s'ouvre, l'homme sort en trombe, fait claquer sa portière brutalement, d'un violent coup de pied, et revient en maugréant, furieux:

— Un seul homme au monde manque d'essence en Alberta et c'est moi. Naturellement.

La beauté égale de la prairie s'étend immuable, fascinante.

Vue du canot de nos gentils pirates, la prairie de l'Alberta est découpée en carreaux réguliers par des routes qui se croisent. Ici et là, une petite ville, dominée par les silos à grains et le fin clocher d'une église. La rue principale est large. Les boutiques plutôt basses s'alignent avec leurs enseignes. Rien ne bouge. La vie semble arrêtée. Dans ce territoire si vaste, les humains ne paraissent pas s'être encore vraiment établis. On ne voit personne dans les champs. Seules de longues machines tubulaires roulent dans le blé, y déversant une pluie nécessaire sous le soleil ardent.

Loin à bâbord, à l'ouest, le profil bleu des Rocheuses découpe l'horizon. Les rares maisons, qu'on dirait minuscules, sont compressées entre ciel et terre.

Calgary se tient près de la muraille dentelée des Rocheuses. Les tours ambitieuses de cette grande petite ville semblent avoir éclos durant la nuit au milieu des maisonnettes de la ville ancienne. Les deux rivières Bow et Elbow ne sont guère dérangées par l'activité trépidante de Calgary. Le canot ne s'arrête pas. Il passe au-dessus de quelques ranches où paissent des milliers de bêtes. Des camions, ainsi que des cavaliers sur leur monture, vont et viennent sans les troubler. La terre si plate, là-bas, se hérisse et se dresse en cette formidable tempête de roc que sont les montagnes Rocheuses.

Les blés valsent doucement dans le vent. Des machines qui ressemblent à des sauterelles géantes sur leurs longues jambes qui ne sautent jamais, picorent (si une sauterelle picore) toujours au même endroit. Ce sont des dizaines, des centaines de pompes qui amènent l'huile à la surface. Avec des gestes mécaniques, répétitifs, c'est presque le mouvement perpétuel! Le canot oblique vers l'est. La tranquillité horizontale commence à onduler. Le paisible paysage se chiffonne. Une force différente vallonne le pays. Le niveau du sol chute brusquement de plus de 120 m. Le canot navigue au-dessus d'un étrange paysage: le canyon des Badlands.

Le canot suit la paisible rivière Red Deer. De chaque côté, la terre semble avoir été travaillée par un sculpteur très inspiré. Ici, il a modelé des centaines de champignons colossaux. Là, on jurerait apercevoir les colonnes d'un temple exotique disparu. Ici, sont réunies un troupeau de grenouilles aussi grosses que des bœufs. Là, c'est un village d'iglous. Plus loin, c'est une pyramide. À côté, les cheminées d'un château de conte de fées. Là, un troupeau d'éléphants se repose. Plus loin, ne dirait-on pas des commères portant des chapeaux ridicules? Et voici un bouquet de fleurs gigantesques. À gauche, des moines encapuchonnés méditent depuis des siècles.

Le sculpteur à l'imagination si débridée s'appelle le temps. Ses outils, le vent et l'eau, ont sculpté le schiste, façonné l'argile, pétri le limon.

Cette terre froissée de méandres, de moraines, de ravins, de fissures, de dépressions, ressemble à une mer folle de vie et de force qui se serait figée, en une fraction de seconde, comme s'immobilise la vie sur la pellicule d'une caméra.

— C'était le pays des dinosaures, dit Philippe, pensivement.

— Ton canot serait-il capable de nous amener au temps des dinosaures? demande Anne Tremblay.

— Impossible est un mot que mon canot connaît pas.

Le paysage rappelle que sans cesse notre planète meurt et que sans cesse elle revit. Cette terre est morte. Pourtant au milieu de la vallée, la rivière Red Deer coule et quelques arbustes végètent. Des fleurs subsistent tels les cactus-poires, les tournesols et les mauves écarlates qu'on appelle ici Cowboy's Sweetheart. Que ces fleurs ont l'air solitaires!

Parfois, dans les Badlands, les Amérindiens découvraient des os de dinosaures, des vertèbres qui avaient 20 pouces de diamètre. Les Indiens croyaient que c'étaient des os de bisons du temps de leurs ancêtres. Les Indiens s'allongeaient pendant des jours et des jours, sans boire ni manger, ils attendaient le retour de ces géants bisons.

— *Acabris, acabras, acabram!*
Canot, emmène-nous dans le passé;
Quand il y avait des dinosaures.

Le canot file à rebours du temps. Tout se met à tourner si vite que les aventuriers doivent fermer les yeux pour n'être pas étourdis. Puis le carrousel s'apaise. Il fait une chaleur plus que tiède, humide, excessive. Respirer est difficile. Suffoquant, chacun ouvre les yeux:

— Quel rêve! Écoutez le vent; on dirait la musique d'une harpe. Voyez ces arbres gigantesques: des séquoias. Le climat est torride. Des lagons! Des bayous! L'herbe haute des marécages. Des joncs, des lianes. Les arbres

sont couverts de lianes. C'est la forêt tropicale! Le sol est couvert de mousse. Quels sont
ces arbres avec des épines longues comme mon
index? Regardez ces fleurs qui tapissent le sol!
Quelles couleurs! Et cette mousse sur les
troncs d'arbres! Elle pend aux branches. La
mer et la terre se mélangent.

Les navigateurs du canot volant ont amerri
sur la mer de l'Alberta, quand l'Alberta était
une mer.

Un ruban de mousse blanche s'enroule sur
la surface de l'eau:

— C'est une truite, suggère le gros Petit.

Cette truite plutôt costaude s'approche. La
mousse devient impétueuse.

— C'est une baleine! proclame Chaput.

Cela fonce devant le canot, sans s'arrêter.
Une queue de 5 m au moins ondule comme
une queue de crocodile et propulse un corps
complètement immergé. Puis une tête au
museau allongé sort de l'eau.

— C'est un dinosaure! s'écrie Anne Tremblay heureuse comme un enfant qui s'étonne
à un défilé du Père Noël. J'ai vu un dino
vivant! J'ai vu un dino vivant!

Son animal s'appelle un dinosaure orni-thorynque.

Le tonnerre gronde. Au roulement sourd qui s'avance, les aventuriers prêtent l'oreille. La terre tremble. La forêt craque avec des bruits secs d'arbres brisés.

Et un étonnant, un extraordinaire troupeau fonce sur la plage. Ce sont des dinosaures. Sont-ils 100? 300? Leurs jambes sont grosses comme des troncs d'arbres. Leur queue, énorme, serpente derrière eux. Ils ont des dents pointues comme des dagues. Ces bêtes mesurent au moins 15 m de haut.

— Je ne pensais jamais que des masses d'au moins 70 tonnes pouvaient avoir des mouve-ments de gazelle, souligne Anne Tremblay. Remarquez bien, les amis... Ces dinos ont placé leur progéniture, les petits dinos, au cen-tre de leur troupeau. Les adultes autour les protègent... Cela me porte à conclure que les dinos ont de l'intelligence.

Dans l'Alberta préhistorique, 100 millions d'années avant leur naissance, les gentils voya-geurs s'émerveillent.

Le défilé ne finit pas: un hypacrosaure avec une crête sur la tête et sur le dos; un chirostenote avec des longues mains griffues; un ankylosaure qui ressemble à un tank hérissé de cornes sur tout le corps; un tricératops, coiffé de trois cornes... Quand Chaput voit apparaître dans le ciel un dinosaure volant, un ptérosaure, il s'écrie:

— Je veux retourner chez moi!

— Quelle merveille, dit Anne Tremblay. Regardez-moi ce bec de 2 m de long, et ces ailes d'au moins 15 m d'envergure. Je reste ici. Je ne veux pas retourner aux temps modernes où tout a disparu... Je veux étudier les dinos vivants!

— Très bien, dit Philippe, nous allons te laisser... Quand veux-tu que nous revenions te prendre?

— Ah, je reste ici. J'écrirai la préhistoire et vous ne serez pas oubliés dans mes livres.

— Au cas où tu trouverais pas grand-chose à lire, je vais te laisser mon *Vidéo-Presse,* offre le gros Petit.

— Nous devons retourner. On nous attend à la maison, explique Philippe.

Suivant une rivière aussi magique qu'invisible, le canot revient accoster sur le gravier des Badlands qu'il a quitté pour le pays des dinosaures vivants. Il a flotté sur la mer qui recouvrait ce territoire. Aujourd'hui, de ce même point, pour atteindre la mer, il faut aller à 1 500 km.

Concentré sur son carnet bleu, Philippe griffonne: «Je me demande si l'homme sera plus intelligent que les dinosaures. Pourra-t-il éviter sa disparition? Le veut-il? Dans des siècles d'ici, un animal étrange, qui n'existe pas encore aujourd'hui, s'interrogera peut-être sur la cause de la disparition des humains, ces monstres qui régnaient sur la terre au XXe siècle.»

— Moi, j'aurais voulu voir des bisons, dit Oui-non.

— Pourquoi est-ce qu'on n'a pas de caméra?... dit Anne Tremblay.

— Les ours ont mangé la mienne, se plaint le gros Petit.

— Imaginez, j'aurais pu prendre des photos de dinosaures en vie!

Chapitre X

Nos cinq bourlingueurs atteignent Edmonton, au nord, entourée de sa forêt de puits de pétrole et de raffineries qui crachent des flammes. Edmonton semble paisible avec ses parcs, ses larges avenues et ses tours modernes qui ne se bousculent pas les unes les autres.

Puis, vers l'ouest, toujours ce terrain plat. Des pompes pour l'huile. Des maisons espacées. Partout cet espace inhabité. Des routes désertes et rectilignes. Ici et là, des cow-boys à cheval dirigent des troupeaux. À la rivière, les bêtes s'arrêtent pour boire paisiblement.

Au bout de cette interminable prairie se dressent les montagnes Rocheuses, cette formidable muraille entre l'Alberta et la Colombie britannique, élevée il y a peut-être 75 millions d'années.

— L'Alberta et la Colombie britannique se sont peut-être embouties, comme deux voitures, propose Philippe...

La forteresse crénelée des Rocheuses, ce grandiose poème de pierre, dont les mots sont les montagnes, les gorges, les arêtes, les pics, les cols et les vallées, raconte l'énergie de la nature qui fait éclater l'écorce terrestre tout autant que les bourgeons du printemps.

Les Rocheuses ressemblent aussi à un titanesque et immuable accordéon dont chaque pli est une montagne et la musique, un éternel silence.

Les marins du ciel voguent au-dessus des ondulations causées par une colère inouïe de la planète. Les montagnes se heurtent à des montagnes qui en poussent d'autres plus abruptes et plus hautes. Au loin, des pics blancs de neige percent le ciel. Plus le canot monte, mieux l'on voit éclore les vallées vertes, les forêts, les lacs émeraude, les torrents qui coulent à pic aux flancs brisés des montagnes.

Cette mer de roc avec ses aspérités, ses éperons, ses déclivités vertigineuses, apparaît tantôt noire, tantôt rousse, tantôt grise, tantôt verte. Figées dans l'éternité, les Rocheuses bougent grâce aux jeux d'ombre et de lumière.

— Ce que je vois, juge Chaput, c'est rien que des montagnes.

Anne est vraiment très en colère:

— Il regarde avec ses pieds!

— Choque-toi pas, s'excuse Chaput. Quand le paysage devient trop beau, moi je deviens bête.

— Imaginez que les Rocheuses seraient en chocolat! éclate le gros Petit.

Sur les versants abrupts, quelques arbres s'accrochent. De la pruche. Des épinettes. Plus bas, piqués dans les moraines, des pins. Sur les balcons de granit, des chèvres exécutent des sauts élégants.

«On devrait se taire et se laisser imprégner par l'odeur de la beauté», écrit Philippe, dans son carnet bleu.

Les pics enneigés se suivent en une procession d'une éternelle piété. Au-dessous du canot, c'est une mer de glace. Des vagues énormes et gigantesquement tranquilles.

— Allons voir de plus près.

Certaines vagues scintillent. D'autres sont sinistres et sombres. Leurs crêtes sont acérées.

Le canot se pose doucement. Nos amis ressentent un frisson: cette glace éternelle est plus vertigineuse que la mer qui bouge. Ils farfouillent dans leurs sacs pour sortir chandails, vestes. Et ils débarquent.

Cette vallée de glace est située près du mont Columbia, le plus haut sommet de l'Alberta. Elle s'étend sur 300 km^2.

Les fleuves Athabasca, Columbia, Fraser et la rivière Saskatchewan s'abreuvent à cette vallée. Ainsi l'eau des glaciers qui fondent atteint trois mers: l'Atlantique, l'Arctique et le Pacifique.

Comme sur une plantète étrangère, nos cosmonautes marchent avec précaution pour éviter de glisser dans les replis, les cannelures de ce cristal infini. Ils sont envahis par un profond respect. Tant de siècles sont prisonniers de la glace. Elle renferme tant de secrets.

Attirée par des blocs empilés de manière désordonnée, Anne Tremblay découvre, sous ces séracs, l'entrée d'une caverne où coule une

rivière douce. Elle s'y avance de quelques pas
et revient:

— Les amis, s'écrie-t-elle, allons faire un
peu de canotage sous la glace!

On hisse le canot à l'entrée de la crevasse.
L'eau est peu profonde. Froide, elle coupe les
jambes. On prend place. Le canot, gentiment,
glisse. La rivière gazouille, murmure, puis
commence à gronder. Elle s'élargit sous la
voûte de glace. Elle devient tumultueuse. Elle
s'agite. Les canotiers se cramponnent. Le courant secoue l'embarcation. L'obscurité est
totale. On dérape comme sur une pente escarpée. L'eau a la voix du tonnerre. Les secousses
sont violentes. Le canot risque de se rompre.

Ils s'agrippent, mais le canot tombe dans
l'abîme. Rien ne les porte plus dans ce vide
ténébreux. Le véhicule s'enfonce dans la nuit
noire. Brusquement, c'est une explosion de
lumière dure, intense.

Nos pacifiques corsaires sont revenus à la
surface du glacier qui rape le ventre du canot.

Quand on a l'esprit aventureux, on ne peut
rester au sol. Au-dessus des vagues de granit

dont l'écume est la neige, et l'embrun, les nuages, Philippe guide le canot vers le sommet qui dépasse tous les autres.

Sur le plus haut pic, il n'y a plus de temps, plus de pays; il n'y a que la paix. Nos amis se sentent fragiles, mais la puissance du rocher se répand en eux comme, en d'autres lieux, la chaleur du soleil. Ils deviennent un peu ivres; à peine gros comme des microbes, ils se sentent remplis de cette énergie venue du ventre de la terre.

Personne n'ose parler. À 3 950 m au-dessus du niveau de la mer, le mont Robson surplombe tous les autres avec leurs replis, leurs escarpements, leurs lacs, leurs furies et leurs douceurs immobiles, avec leur glace, leurs canyons, leurs avalanches et leurs torrents. Dans le vent qui fait chanter la harpe de l'éternité, une voix faible se fait entendre:

— J'ai faim, moi..., se plaint le gros Petit.

— Moi, dit Oui-non, je pense qu'on est en voyage depuis longtemps...

— Longtemps? Ça fait pas encore deux jours..., précise Philippe.

— Peut-être que ça fait pas longtemps qu'on est parti, mais ça fait longtemps que j'ai pas téléphoné à la maison.

— Quand on fera une autre expédition, dit Philippe, on emmènera nos parents. Ils sont surprenants, parfois, les parents. Quand ils oublient qu'ils sont des parents, ils deviennent juste normaux.

Un gigantesque incendie s'est allumé à l'ouest; sa lumière colore en orange les pics rocheux et en rose la glace. Les visages aussi se teintent. Le monde en bas disparaît comme dans une mer colorée. Nos amis se sentent comme des naufragés qui ne savent plus où est la mer.

— La nuit va venir, dit Philippe. Adieu, montagnes Rocheuses... À nous la Colombie britannique!

Philippe griffonne dans son carnet bleu: «la terre est un grand mystère. Et je suis un petit mystère qui habite le grand mystère.»

Le canot entreprend sa descente. Après le roc couvert de neige et de glace, c'est le roc où s'agrippent des filaments de lichens, puis un peu de mousse verte. Plus bas, des arbustes apparaissent. Plus bas encore, des sapins rabougris. Encore plus bas, des pins. Et la vallée s'ouvre, couverte de gentianes pourpres, de marguerites jaunes, de coquelicots géants, de lys et de cent autres espèces de fleurs qui se préparent à dormir le long du fleuve Columbia, déjà voilées par la nuit.

Le canot survole des fermes, traverse d'autres montagnes moins élevées.

— Arrêtons, implore le gros Petit. Je crève de faim.

Tout le monde a faim. C'est un village paisible. Le canot se pose près d'un garage. Un chien aboie.

Partis à la recherche de quelque chose à manger, ils aperçoivent une affiche: restaurant. L'établissement n'est éclairé que par une lampe à la flamme vacillante. Le patron est un grand homme barbu, maigre, sévère. Sa femme porte un long sarrau noir, comme les grands-mères du siècle dernier.

— On voudrait manger quelque chose..., dit le gros Petit.

Le gros homme barbu n'en demande pas
plus. Sa femme et lui disparaissent pour revenir avec une grande soupière et un pain noir.
C'est du bortsch, un potage à la betterave. Les
aventuriers s'empiffrent.

— On est chez les Doukhobors, explique
Philippe.

Les Doukhobors sont venus de Russie pour
fuir les persécutions religieuses. Ils ont con-
servé les manières de vivre du XIXe siècle.
Quand le Canada est entré en guerre, il y a
longtemps, le gouvernement a voulu obliger
les Doukhobors mâles à s'enrôler comme les
autres citoyens. Les Doukhobors se sont révoltés. Ils ont même mis le feu à leurs propres
maisons, à leurs granges. Ils ont paradé complètement nus. Ils sont des pacifistes.

— Ils font de la bonne soupe, juge le gros
Petit qui happe son potage avec un bruit con-
sistant.

— Monsieur, vérifie Chaput, êtes-vous un
Doukhobor?

— Da, gronde le grand homme barbu.

Le gros Petit a mis quelques tranches de
pain dans ses poches.

— C'est pour les oiseaux, explique-t-il.

L'estomac satisfait, ils se rembarquent dans la direction de Greenwood. Sous les rayons de la lune, d'immenses cloches de cuivre luisent au sol. Elles ont été abandonnées dans le grand désordre d'une ancienne fonderie. Sa haute cheminée est encore plantée au flanc d'une colline. Le canot vole à basse altitude. Un peu plus loin, Philippe distingue l'ombre profilée d'une chapelle.

— On pourrait peut-être dormir là, dit-il.

C'est une modeste chapelle, abandonnée près d'une route de gravier. Tout autour, l'herbe a poussé longue: on ne l'a pas fauchée depuis longtemps.

La porte n'est pas verrouillée. Le gros Petit éclaire les lieux tendus de toiles d'araignée. Il y a de la poussière mais pas de rosée. S'il pleut, ils seront à l'abri. Un vieux hibou se plaint d'être dérangé et replace bruyamment ses plumes.

— Mettons le canot à l'abri avec nous, commande Philippe.

Même si le toit coule, il vaudra mieux avoir au-dessus de la tête des bardeaux plutôt que la voûte céleste. Quelle journée ils ont eue! Ils s'étendent sur les bancs et s'endorment.

— Y'a juste le diable qui peut faire autant de bruit dans une église, se plaint Chaput.

Mal réveillé, Philippe court à la porte. Des ouvriers s'appliquent à leurs travaux.

— Qu'est-ce que vous faites là, dehors?

— Qu'est-ce que vous faites là, dedans? répondent les ouvriers étonnés.

Chacun s'explique. Un pieux homme d'affaires a obtenu la permission de déménager la chapelle abandonnée dans une localité en plein développement.

— On ressemble à des Québécois, confie aux ouvriers le gros Petit, mais en réalité on est des anges!

Ils éclatent d'un gros rire.

— Embarquons vite, ordonne Philippe. Petit déjeuner à Vancouver! *Acabras*...

Le canot sort de la chapelle comme une fusée. Les ouvriers demeurent bouche bée, étonnés, incrédules, près de cette chapelle habitée par des anges québécois qui volent en canot!

La vallée de l'Okanagan, terre fertile, produit du raisin, des pommes, des pêches, des abricots. À la mi-juin, c'est le temps des cerises! Les arbres fruitiers sont en fleurs. Les aventuriers hument ce délicieux parfum qui se répand jusqu'au ciel. Les sillons des vignobles s'allongent vers un grand lac tout en longueur.

Il y a 1 500 ans, les Amérindiens de la région respectaient la coutume de jeter des animaux dans le lac pour apaiser Ogopogo, un monstre à tête de cheval dont le gîte était une caverne du lac Okanagan. Ils ont aussi dessiné ce monstre sur la pierre. L'ont-ils réellement vu? Un monstre se cache-t-il dans le lac?

À Kelowna, une minuscule statue est dédiée au monstre. Juste à côté, Chaput remarque une affiche: «La Chambre de tourisme offre 1 000 000 $ à qui apportera une preuve de l'existence d'Ogopogo.»

— 1 000 000$... Si on pouvait..., suggère Anne Tremblay. Ton canot flotte dans les airs, il a franchi les frontières du temps. Est-ce qu'il serait capable de plonger au fond du lac, comme un sous-marin?

— Oui, probablement, dit Philippe.

— Essayons, dit Anne Tremblay.

Nos marins d'eau douce retrouvent leur canot accosté au quai parmi les voiliers du quai. Le gros Petit rouspète:

— Je sais pas nager!

— Reste au bord!

— *Acabris! Acabras! Acabram!*

   Canot, amène-nous au fond du lac.

Fougueusement le canot plonge avec écla-boussures, bouillonnements, vagues et re-mous! Il pique du nez vers le fond. La secousse a été forte. Nos amis ont été éjectés par le choc de leur corps contre l'eau. Après avoir avalé une tasse d'eau, ils nagent, flot-tent, se débattent.

— Le canot a disparu dans les profondeurs aquatiques de l'Okanagan.

— Je pense qu'on vient de le perdre, dit Chaput.

Une inquiétude traverse les yeux de nos amis revenus sur la berge.

— *Acabris! Acabras! Acabram!*
   Canot, reviens, reviens.

Rien ne se passe. La surface demeure désespérément tranquille. Même pas le souffle d'une brise. Subitement, comme si Ogopogo, le monstre, remontait s'ébrouer à la surface, une sorte de remue-ménage brasse l'eau. Quelque chose zigzague. De l'écume roule. Les eaux se séparent.

— C'est Ogopogo! s'écrie le gros Petit, il court à la Chambre de tourisme. Il a vu le monstre! Il a vu sa tête! Il a vu la première bosse sur son dos! Il va réclamer son million! Au bureau, une longue queue de gens le précèdent au guichet. Tous ont entrevu Ogopogo! Ils viennent réclamer leur million.

— Y'a des jours où on n'est pas chanceux..., murmure le gros Petit.

Le canot a refait surface.

Ayant quitté la demeure d'Ogopogo, les aventuriers survolent Osoyos, une terre désertique où habitent des tortues, des lézards, et même des cactus. Le canot suit une route qui escalade une passe escarpée. De l'autre côté, le sol est coloré, revêtu de rhododendrons à fleurs mauves, de lupins bleus, d'arnicas dorées et de castillèjes écarlates. Quelles couleurs !

Des champs remplis de légumes, sous leur feuillage verts, s'allongent en longues rangées rectilignes. La terre est brune comme du chocolat. Une très haute statue s'élève devant un étrange édifice décoré d'arches et de fioritures coloriées.

— C'est un temple !

— C'est Bouddha !

— C'est Vishnu !

— C'est Krishna !

Personne ne sait. On connaît si peu la religion des autres. On connaît si peu la sienne. La Colombie britannique s'est peuplée d'immigrants. Venus de partout en quête de liberté, ils continuent de pratiquer leur religion traditionnelle.

Vancouver apparaît, posée entre la mer bleue et les monts coiffés de neige blanche. La ville est sillonnée de rivières qui la traversent en tous sens ; elle est rongée de baies, de fjords, de canyons; elle est trouée de lacs, ornée d'îles, bosselée de collines. Vancouver est une coquette, parée de parcs, d'arbres, de jardins fleuris.

— C'est plus beau que Québec! s'écrie Anne Tremblay.

Personne ne la contredit.

Les tours d'habitation ou de bureaux semblent plus harmonieuses qu'ailleurs. Est-ce à cause des montagnes autour? Le pont Lions Gate bondit par-dessus la baie Burrard avec l'élégance d'un saut de chèvre sauvage.

Vers le nord, s'étend une forêt de pins et de cyprès.

— Atterrissons ici, suggère Philippe. J'ai jamais vu des arbres aussi gros!

La rivière Capilano coule entre deux montagnes où elle a creusé son lit très creux dans le roc. Un pont suspendu est accroché à des câbles tendus à 100 m au-dessus de l'abîme et se balance au-dessus du gouffre.

— Traversons!

À la course, ils se lancent sur le pont de cordage. Oscillant au-dessus du vide, le pont semble se dérober à leurs pieds.

— Au secours! Au secours!

Plié en deux, le grand Chaput appelle. Il ne peut plus avancer, à 100 m dans les airs, agrippé aux deux câbles suspendus, avec sous ses pieds, les interstices entre les planches du tablier qui laissent voir que si on tombe, on s'écrase!

D'abord on se moque de lui. Puis on comprend qu'on doit le ramener au canot. Il est si pâle:

— C'est comme si le pont s'était étiré et ratatiné comme un élastique, soupire-t-il.

Et l'on se remet en route!

Le canot ralentit au-dessus du parc Stanley bordé de sentiers, de plages et décoré d'étangs couverts de nénuphars. Là se réfugient des centaines d'espèces d'oiseaux, surtout autour du Lagon perdu. Les aventuriers reviennent à la terre, juste pour aspirer le parfum de ce parc qui s'avance dans la mer.

Dans un sentier qui longe la mer, Anne Tremblay est attirée par une grosse pierre isolée qui semble avoir une forme humaine. Cette pierre serait en réalité une jeune Indienne changée en pierre. Cette légende a été racontée par Emily Pauline Johnson, poétesse mohawk. Devant la pierre, coule une fontaine. La poétesse a voulu être enterrée là. L'âme de la poétesse demeure vivante dans l'eau. Anne Tremblay se recueille. Ses copains sont aussi saisis d'une piété qu'ils ne comprennent pas. En eux, un secret espoir attend que la pierre s'anime, qu'elle libère la jeune Indienne.

— C'est le temps de repartir!

À peine le canot a-t-il repris son altitude qu'ils aperçoivent des totems plantés parmi les pins géants. Ils redescendent:

— Chaput, dit Philippe, va voir ce qu'il y a là.

— Moi aussi, je veux aller voir, dit Anne Tremblay.

Les émissaires reviennent quelques minutes plus tard.

— Y'a rien, rapporte Chaput. C'est juste un musée avec des totems d'Indiens, des masques d'Afrique, des ours sculptés dans le bois. Y'a aussi une huître en bois sculpté, plus haute

que moi et longue comme le canot. La coquille de l'huître est entrouverte et on voit des
jambes de bébés, des bras, des fesses, des
faces: sur le dessus, y a un corbeau de perché. Pour les Indiens, le corbeau était un dieu.
Et leur dieu aurait découvert le monde dans
une huître au bord de la mer. Pour eux, c'est
comme ça que le monde a commencé.

— C'est pas moins intelligent que de dire
qu'il est sorti de la grande explosion du Big
Bang, remarque Anne Tremblay.

— Qu'est-ce que tu as vu, toi, Anne?

— J'ai trouvé un jardin. On aurait pu se
perdre là, tant y avait des fleurs: des centaines
de variétés de rhododendrons, des lis de 3
mètres de haut, des vignes de kiwis qui
s'accrochent aux pins Douglas, des érables du
Japon, des citronniers... Y'a aussi une plante,
la belladone, que les Italiennes d'autrefois uti-
lisaient pour se dilater les pupilles et être
encore plus belles...

— On rembarque! ordonne le capitaine
Philippe.

— J'en ai assez de la vitesse, moi, proteste
Anne Tremblay. Il faut tout faire vite. Faire

vite, c'est comme ne rien faire. Voir vite, c'est comme ne rien voir. J'ai pris une résolution: après ce voyage, je vais TOUT FAIRE LENTEMENT.

— En attendant, coupe Philippe, on repart!

Le canot plane au-dessus des mâts du port et se dirige vers le détroit de Georgia en direction de Victoria, sur l'île de Vancouver. «La beauté de ce paysage ne peut pas être racontée», écrit Philippe dans son carnet bleu.

Il pourra décrire des douzaines d'îles, couvertes d'arbres, qui semblent n'avoir pas été touchées par l'homme depuis la création du monde.

Il pourra décrire ces oiseaux qui planent, virevoltent comme s'ils étaient les seuls habitants de la terre, de la mer et du ciel. Ceux qui l'écouteront seront incapables d'imaginer la magnificence, la profondeur, le silence de ces paysages qui sont le rêve d'un dieu qui ne savait inventer que paix et harmonie.

Au loin, voici Victoria, son parlement, son port, ses bateaux accostés.

Victoria: c'est la mer, la verdure, les fleurs, les promeneurs calmes, les autobus à deux étages.

— Séparons-nous, propose Philippe et retrouvons-nous dans deux heures.

À l'heure dite, les aventuriers reviennent un à un dans le parc Thunderbird (Oiseau de tonnerre). Là sont rassemblés des totems géants, érigés par des tribus indiennes, les Haïdas, les Kwakiult ou les Tsimshian. Ont aussi échoué dans ce parc des canots que les Indiens ont creusés, au feu ou à l'herminette, dans des pins géants. On a aussi reproduit des façades de maisons indiennes avec des frontons festonnés, colorés et leurs chambranles sculptés.

— Moi je suis allé au musée, dit Oui-non. J'ai vu un beau grand bateau sculpté avec des scènes de chasse à la baleine. Dans l'ancien temps, les Indiens de par ici chassaient les baleines. Puis je savais pas si je devais aller à gauche ou à droite. Alors je suis sorti. J'avais un dépliant qui parlait du château Spencer, avec des tourelles, une vue sur la mer, des créneaux. Mais il y avait aussi un dépliant sur un autre château, le Craigdarroch, construit par un roi du charbon. J'ai pas pu me décider à en choisir un plutôt que l'autre.

— Et toi, Anne?

— Je suis allée dans une agence immobilière. J'ai regardé dans la vitrine les photographies de maisons à vendre. J'en ai choisi une qui avait l'air d'être très riche. Je suis entrée, j'ai dit que je cherchais une maison pour ma très vieille mère qui vient de gagner à la loterie et qui veut prendre sa retraite à Victoria, comme beaucoup de personnes âgées.

— Alors t'es riche! s'écrie le gros Petit.

— Idiot. C'est une ruse. L'agent d'immeubles m'a amenée visiter la maison. Il m'a raconté l'histoire des propriétaires. Le premier s'est enrichi pendant une ruée vers l'or. L'agent m'a aussi raconté l'histoire du quartier: pourquoi il s'est peuplé de gens riches? comment est-ce qu'ils vivaient? Ensuite je suis allée chez un autre agent d'immeubles; j'ai choisi une maison très modeste. J'ai dit que je cherchais une maison pour ma mère qui est une veuve avec une pension modeste. L'agent m'a fait visiter un quartier modeste et une maison modeste. Alors je connais déjà Victoria. Et j'ai eu deux voyages en voiture gratuits... Et toi, Philippe, qu'est-ce que tu as fait?

— Moi, je me suis promené. J'ai senti l'air du port, l'odeur du poisson, j'ai vu les bateaux de cabotage, les bateaux de pêche en haute mer. Des pêcheurs m'ont parlé de l'Établissement William Head. L'un d'eux m'y a conduit dans sa camionnette. Ça sentait le poisson en diable là-dedans. C'est une pointe très dangereuse dans le détroit. Il y a au fond de l'eau une quarantaine de coques de bateaux qui se sont échoués. On peut voir encore les buttes de terre qui recouvrent le corps des matelots rejetés au rivage par la tempête. Tout ce qui reste, ce sont des croix que le vent est en train de ronger.

Écoutez ce que j'ai noté au musée. C'est une lettre envoyée au journal par un Indien, le chef William, il y a 100 ans: «Si la reine Victoria n'intervient pas, si le parlement demeure indifférent, bientôt les Indiens vont devoir voler les troupeaux des Blancs pour manger. Pour les Blancs, les Indiens ont le droit d'exister, mais à la condition qu'ils n'existent sur rien, qu'ils ne vivent de rien. Aux familles blanches, le gouvernement offre plus de 300 acres de terre à cultiver. Aux familles indiennes, il propose 20 acres.» Cette lettre est vieille de plus de 100 ans. Toi, Chaput, qu'est-ce que tu as vu à Victoria?

— Moi, ce que je voulais faire, c'est prendre une bouteille d'eau de l'océan Pacifique pour la rapporter chez moi. Pendant que je remplissais ma bouteille, une vieille dame a commencé à me poser des questions. J'ai répondu; elle s'est aperçue que je venais du Québec.

— Comment a-t-elle pu? se moque Anne Tremblay.

— La petite vieille a dit: «Vous êtes un bien beau jeune homme, poli, et je vous invite à prendre le thé.» Ouais, elle a dit: «un bien beau jeune homme poli»... Moi, du thé, pouah! j'ai jamais goûté à ça. Elle m'a amené dans un grand hôtel, à l'Empress; il y avait là des énormes fauteuils et des petits vieux pas mal âgés mais bien habillés, qui buvaient tous du thé. Alors j'ai mangé des sortes de petits beignes sans trou... plutôt minces avec de la crème fouettée et des confitures et j'ai bu du thé. C'est pas mauvais avec du lait et du sucre. La petite vieille dame buvait dans sa tasse en levant le petit doigt...

— l'auriculaire!

— ... et moi aussi j'ai levé le petit doigt. Et je lui parlais anglais. Tout ce que je sais, c'est des bouts de chansons américaines. Alors je chantais pas, mais je disais des bouts de chansons. Et la petite vieille a dit à une petite vieille de ses amies: «Mon jeune homme est bien romantique...»

Quand chacun a bien fini de rire et de se moquer de Don Juan Chaput, Philippe annonce:

— On doit rentrer à la maison... Faut pas causer d'inquiétude.

S'engageant au-dessus des eaux fougueuses du détroit Juan de Fuca, le canot remonte la côte occidentale de l'île de Vancouver. La rive est dentelée, hachurée, mordue par le

Pacifique. Des centaines d'îlots s'en sont déta-
chés. La rive est parfois une jolie dentelle de
sable. Parfois elle est sauvage, escarpée. Ici
règne la forêt tropicale. Pendant des siècles et
des siècles, ont grandi des cèdres, des marron-
niers, des sapins Sidka. Les pins Douglas ressemblent à des rois dans leur cape de mousse.
Et comme tous les rois, ils sont fragiles,
debout sur leurs racines entortillées dans une
terre humide où poussent les fougères.

À peu de distance grondent des bulldozers
qui creusent des routes et des machines qui,
l'instant d'un éclair, abattront ce qui a mis des
siècles à grandir. Sous leur ombre fraîche, les
oiseaux s'agitent, les souris trottinent, les
insectes se hâtent. Tous cherchent de la nourriture. L'on dit qu'une seule graine sur
3 000 000 devient un arbre.

Le canot vole à basse altitude. Ici et là, un
modeste hameau indien, que signalent des
totems. Plus loin, un cerf broute. Des baleines s'ébattent en liberté. Voyez là, les otaries
nager en troupeau enjoué, leur nez mousta-
chu en l'air. Écoutez-les crier. Voyez la pares-
seuse de loutre, là, qui se laisse flotter sur le

dos. Rien ne dérange l'ours qui creuse dans le sable: pas même ces aigles à tête blanche qui planent dans le ciel, sous le canot. Un loup nerveux flaire quelque trace.

Il y a longtemps, à cet endroit, un corbeau nommé Weget, héros des Indiens tsimshian, fut expulsé du monde des esprits et jeté sur la terre. Sauvé par une loutre, Weget entreprit un grand voyage sur la rivière Skeena. Aujourd'hui, on peut voir le portrait de Weget le corbeau reproduit dans beaucoup de gravures de la côte du Pacifique.

Nos intrépides explorateurs voyagent plus vite que le pauvre Weget; toujours plus au nord, ils atteignent la passe Chilkoot, là où le Canada et l'Alaska se séparent. Entre les montagnes couvertes de buissons et de forêts, entre les rochers qui s'appuient sur des rochers, entre les falaises rudes et nues, une route unique zigzague. C'est l'autoroute Dempster. Elle suit le trajet du caporal Dempster de la police montée lorsque, en 1911, en sleigh à chiens, l'hiver, il recherchait ses quatre camarades disparus dans la tourmente.

N'est-ce pas ici, la rivière Klondike? L'on y découvrit, en 1898, des pépites d'or. Et ce fut la ruée vers l'or! Le canot survole les maisons simples de Whitehorse, la capitale du Yukon, qui garde encore de fiévreux souvenirs de cette époque. Le Yukon est une région vaste comme la France avec moins de 50 000 habitants...

— Si on s'arrêtait, on pourrait trouver de l'or... Ou peut-être qu'on n'aurait pas de chance, suppose Oui-non.

— Aujourd'hui, on regarde seulement, tranche le capitaine Philippe. Plus tard, on reviendra toucher!

Le sol montagneux est sillonné de rivières; les arbres sont drus et plus courts. Apparaît de temps à autre un hameau, habité par quelques Denés (qui parlent la même langue que certains peuples indiens de l'Arizona).

Tout à coup se dresse un port, des grues, des réservoirs, des systèmes complexes de tuyaux, des cheminées de raffineries. La mer de Beaufort est parsemée de puits de forage. Des grues, des camions, des bulldozers s'empressent. Ils construisent des îles dans la mer pour y planter d'autres tours de forage, si loin dans la région polaire.

— Allons encore plus près du pôle nord! réclame le gros Petit.

Bientôt l'eau est toute brouillée de glace puis elle devient solide, bleuetée; La mer est devenue glace et scintille jusqu'à perte de vue. Plus loin c'est une mer blanche, immobile, infranchissable: peut-être le pays des Tornraks. Ce mot en langue inuktitut désigne l'ange gardien de forme animale qui accompagne chaque Inuit.

— On peut encore monter pendant des milliers de kilomètres vers le nord, dit Philippe.

— Ce Canada a l'air d'être aussi grand que la terre entière, estime Chaput.

— Nous allons aller très vite maintenant, assure Philippe.

Le canot oblique vers le sud à une vitesse indescriptible et passe au nord du grand lac de l'Ours, lui-même situé très au nord du grand lac des Esclaves. Dans cette région, des géologues ont trouvé le plus ancien rocher de la terre: il aurait 4,5 millions d'années.

La création ici semble n'avoir pas été terminée. Étourdis par l'immensité du territoire, nos aventuriers silencieux voient défiler des dizaines d'îles. Est-ce une mer qui a envahi la terre? Est-ce la terre qui est en train de surgir de l'eau? Cette terre rugueuse et rocailleuse, c'est la toundra infinie, vêtue de muskeg, ce sont des montagnes dans un désordre immense. Souvent, on voit courir un troupeau de caribous. Parfois, on aperçoit un village inuit dont les maisons sont éparpillées parmi les rochers, au bord d'une baie. Des ours blancs rôdent. Les maisons sont bâties sur pilotis, afin de ne pas détruire le pergélisol. Près des maisons, des lanières de viande et de poisson sèchent au vent.

Ces terres recèlent des trésors qui seront révélés à ceux qui les cherchent.

D'étranges monuments, construits de pierres posées les unes sur les autres, des sortes de bonhommes se font signe dans la toundra. Les chasseurs inuit les élevaient pour indiquer des caches de nourriture ou des terrains de chasse. On n'a pas encore réussi à déchiffrer tous les messages que donnaient les *inouk-shouks*.

Nos amis n'en peuvent plus d'absorber cette étrange et terrible beauté. Ils ferment les yeux. Philippe songe à une phrase qu'il notera dans son carnet bleu: «Après tant d'aventures, pourrai-je encore rêver? Mes souvenirs seront plus beaux que des rêves.»

Il ne reste que quelques milliers de kilomètres à parcourir avant d'atteindre Québec, leur ville.

— On n'est pas encore arrivé et j'ai envie de partir! annonce Anne Tremblay.

— J'ai hâte de retrouver la télévision, dit Chaput. Ça va être bon de regarder quelque chose d'ennuyant.

— Voyager, ça m'a creusé l'appétit, dit le gros Petit. Même l'appétit intellectuel.

— Ça été un bien beau voyage, dit Oui-non, mais peut-être qu'il n'y en aura plus jamais d'aussi beau.

Devant son carnet ouvert, Philippe n'arrive pas à écrire. Il n'arrive plus à penser. Cette planète est trop intéressante...

Table des matières

Collection

Lectures-ViP

Cette collection regroupe les plus beaux textes littéraires publiés dans la revue **Vidéo-Presse.** *Écrits par nos meilleurs écrivains québécois pour les jeunes, ces textes expliquent et décrivent l'imaginaire des adolescents, suscitent réflexions et initiatives, et évitent les prescriptions idylliques.*

Achevé d'imprimer sur les presses de
Imprimerie H.L.N. Inc.,
2605 Hertel, Sherbrooke, Qué. J1J 2J4

Imprimé au Canada — Printed in Canada